Disparition à Isla Mujeres

Collection Roman francophone

Dans la même collection :

Et cette fois face au Potomac/Y esta vez frente al río Potomac, de Maggy De Coster
Calvaire, de Jean-Pierre Paulhac
Sois champion et tais-toi !, de Amélie Grossmann-Etoh
Raconte-moi les pluies, de Maria de Los Angeles Prieto Marin (Mexique)
La statuette de Haute Lozère, de Serge Rubio
Montlobre, enfances dérobées, de Serge Rubio
L'investiture, de Jean-Pierre Paulhac
La femme endormie, de Maria de Los Angeles Prieto Marin
Du Havre à Montpellier par l'Amérique latine, Serge Rubio
Santa Ana, kilomètre 34, Maria de Los Angeles Prieto Marin
Artistes, Malika Madi
Chassé du Tchad, Jean-Pierre Paulhac
Nopal : une balafre mexicaine, Georges Goubert
Le pont des râles, Tiécoro Sangare
Chamsa, fille du soleil, Malika Madi
Le conseil de discipline, Jean-Pierre Paulhac
Nos coeurs s'étaient filé rancard, Amélie-Grossmann-Etoh
La révoultion des montagnes, Frédéric Delorca
J.T., Sébastien Boussois
Le pèlerinage en Géorgie, Jean-Franççois Soulet
La porte du non retour, Jean-Pierre Paulhac
La Joconde noire, Elvire Maurouard
Le chant de Soledad, Maggy De Coster

Image de couverture : © *Chapala*, Sophie-Clémentine Dubois

www.editionsducygne.com
ISBN : 978-2-84924-545-3

Maria de los Angeles Prieto Marin

Disparition à Isla Mujeres

Éditions du Cygne

Du même auteur :

Raconte-moi les pluies, Éditions du Cygne, Paris, 2016
La femme endormie, Éditions du Cygne, Paris, 2014
Santa Ana, kilomètre 34, Éditions du Cygne, Paris, 2013

L'auteur remercie la Fédération Wallonie-Bruxelles – Service Général des Lettres et du Livre – Promotion des Lettres pour son soutien.

Hilaria

Sur la plage privée de l'hôtel Paraíso Azul à Isla Mujeres, Joyce ne m'a pas remarquée, avec mon visage dissimulé sous un large chapeau de paille et des lunettes de soleil. Insouciante, elle se reposait sur un transat, parlait à d'autres Américaines et riait fort. Tout était démesuré chez elle : son rire, sa voix, sa Ferrari garée dans le garage de l'immeuble. Elle délaissait Lily, sa fille. Minuscule au milieu de la foule, l'enfant de deux ans construisait un château de sable. Concentrée, elle fronçait les sourcils. Son édifice bien maladroit avait du mal à tenir debout. J'ai dû me faire violence pour ne pas m'approcher d'elle et l'aider. *Plus d'eau, ma puce, le sable doit être plus serré !* La mer complice a rejeté une forte vague, détruit sa construction. Lily s'est mise à pleurer. Soudain, c'est arrivé : l'Appel. Le moment où j'ai su que Lily serait à moi.

La petite pleurait toujours. Je me suis levée et je me suis approchée de *mon* enfant. J'ai caressé ses cheveux blonds. Ils étaient si doux sous ma main !

Ma puce, mon petit bébé, ma championne. Pourquoi tu pleures ? Le château ? Ce n'est pas grave ! Viens, je t'emmène. N'aie pas peur, viens ! Tes parents ? On va les retrouver après. Tu veux voir un chiot ? Il est là-bas. Viens avec tante Hili !

Le bord de mer était bondé. J'ai eu largement le temps d'emporter ma petite fleur avant que l'on découvre sa disparition. Les foules, c'est tellement mieux que les terrains vagues pour se cacher ! Lily a serré ma main très fort et nous sommes parties. Dans une ruelle du centre, je lui ai expliqué que nous ferions un long voyage.

Le bateau qui nous a éloignées d'Isla Mujeres était un chalutier de quelque dix mètres de long, au bois couleur bleu passé.

La coque annonçait « La Querida », la bien-aimée. Encore un signe ! Une à une, les pièces du grand puzzle s'emboîtaient parfaitement.

L'équipage du chalutier n'était composé que du capitaine, un cinquantenaire bedonnant et dégoûtant, et du guide rencontré sur la plage de l'hôtel. Le capitaine avait tout de suite accepté de me dépanner en échange de dix mille pesos.

Pour éviter les patrouilles maritimes, on a pris le large en fin de journée. Au milieu du pont, à même le sol, un double vitrage en plexiglas permettait de voir les poissons nageant à faible profondeur. Éclairés par une lumière en dessous de la coque, des poissons apparaissaient et disparaissaient, accompagnaient le navire, caressé par les lames de la haute mer. Mon enfant observait ce va-et-vient et restait calme. De petits poissons orange, bleus, jaunes, et même un requin, ont ainsi nagé près de nous.

La nuit tombée, le capitaine a éteint les lumières pour passer inaperçu et regardait, nerveux, le radar de bord. La mer est devenue agitée à l'approche du Golfe. Lily a commencé à pleurer et à réclamer sa maman. *Chut, ma puce. Fais dodo. Tu veux ta maman ? On y va. Tu vois où la mouette va ? On va la suivre. Ta maman est là-bas, plus loin que l'horizon !*

L'homme qui a bien voulu nous emmener jusqu'à Veracruz portait un débardeur taché et mâchonnait un chewing-gum à longueur de journée. Il m'avait dévisagée, ou plutôt déshabillée, avec son regard glauque, tout en me demandant *Et pourquoi devrais-je vous emmener incognito ?* À force de côtoyer et de séduire les hommes, j'ai appris à parler aux salopards. *Parce que vous me ressemblez, vous avez des choses à cacher. Je sais ce que vous transportez. Les sacs, là, ce n'est pas de la farine pour faire des gâteaux d'anniversaire, n'est-ce pas ? C'est mon silence contre le vôtre, surtout si vous acceptez cet argent. De quoi payer quelqu'un pour retaper votre bateau crasseux. Vous serez doublement gagnant.*

L'homme avait accepté sans hésiter. Sur son visage maya plat, affublé d'un nez aux larges narines, coulaient de grosses gouttes de sueur. Il m'a fait penser aux têtes en pierre colossales qu'on trouvait dans la jungle de la péninsule. Elles suintaient l'humidité.

La traversée a duré trois jours. J'avais prévu des petits pots pour Lily et des barres de céréales pour moi. Voyager en mer m'a toujours donné la nausée, mais pour elle j'étais prête à tout.

Tu enfanteras dans la douleur !

À l'intérieur du bateau, le matelot cuisait du poisson dans une poêle noircie. J'ai dû sortir un mouchoir, l'imprégner d'eau de toilette et me le coller sous le nez. *Tu en veux ?* m'a proposé le capitaine, en me mettant son plat infect sous les yeux. Devant ma mine dégoûtée, il a mis de côté la nourriture et envoyé son subalterne prendre la barre sur le pont. Il est passé à côté de moi et a effleuré ma poitrine de sa grosse main. Je me souviens de son haleine chaude à l'odeur d'ail. *Si on prenait un peu de bon temps tous les deux ? Juan est un très bon baby-sitter. Je vais te faire un rabais pour la traversée, sois juste gentille ! J'aime bien les femmes bien enrobées.* Cet homme se permettait de m'insulter. Il avait de la chance, j'avais besoin de son bateau, autrement… Je l'ai repoussé. *J'ai d'autres chats à fouetter. J'augmente la mise si tu me laisses tranquille ! Va donc dans un coin t'amuser tout seul.*

L'homme a pris une bouteille de rhum et a bu une gorgée à même le goulot. *J'aime les femelles qui ont du caractère !* Le blanc de ses yeux tirait sur le jaune. Probablement une hépatite due à l'alcool. Il a reniflé, ajusté son pantalon et est allé rejoindre son larbin.

J'ignore pourquoi le type n'a pas essayé de me violer. Tant mieux pour lui, car en tant que femme seule, j'ai toujours un couteau sur moi. Je n'aurais pas hésité une seconde à le lui planter dans le ventre. On dit que les mères ont leurs forces décuplées lorsqu'il s'agit de sauver leur enfant.

Bien sûr, cet épisode ne fait pas partie du conte de fées. Je n'ai raconté à ma fille que le bruit des vagues contre la proue, du vent qui fouettait nos visages sur le pont, les dauphins complices qui avaient dansé pour nous au lever du jour, quand l'embarcation avait longé *Playa Ballenas.*

Ainsi va la vie, ses multiples chemins qui ne deviennent qu'un. Le ventre et le cœur pleins, j'ai enfin accouché de mon enfant. Ce jour-là, le golfe du Mexique en fonts baptismaux, Lily a reçu son nouveau prénom *Ixchel. Je vais t'appeler Ixchel, tu es d'accord ? C'est joli Ixchel, tu ne trouves pas ? Cela signifie La Diosa de la luna. J'ai toujours rêvé de t'avoir.*

Tu es à moi maintenant.

* *
*

C'est elle, pas de doute. Toute mère reconnaît son enfant parmi des milliers d'autres : le sourire à fossettes, la légère inclinaison de la tête, toujours à droite, et cette forme circonflexe des sourcils, tel un éternel étonnement. C'est Lily, sa fille disparue il y a douze ans.

Joyce clique sur le portrait et l'agrandit. La forme du visage n'a rien perdu de sa rondeur, ses cheveux sont toujours blonds et bouclés, quoique plus longs. Ana Victoria, annonce la page Facebook. Elle ne s'appelle plus Lily, le prénom figurant sur son certificat de naissance. Son mur Facebook est celui d'une adolescente semblable à beaucoup d'autres. Y apparaissent des vidéos, des dessins animés, des blagues félines. Top orange, grosse fleur dans les cheveux. Joyce met en marche l'imprimante, mais le voyant rouge s'allume et le papier accroche. Elle tire sur le papier bloqué, le déchire, finit par renoncer à imprimer. Joyce brise tout, aussi maladroite que Richard et son préservatif percé. Le bébé était arrivé neuf mois après. Deux ans plus tard, on le lui avait arraché sur une plage de vacances. Tous le croyaient mort. Pas elle. Elle a eu raison d'espérer : aujourd'hui, sa fille est vivante. La preuve ! Qu'est-ce que cette page lui apprend de plus ? Ana Victoria a beaucoup d'amis. 343 ! Elle a *liké* une page de fans de Diego Rivera, s'est inscrite à un cours de dessin. Aucun nom de ville, aucune adresse.

Joyce tape nerveusement sur son clavier, puis le mouvement de sa main s'arrête sur un portrait de la jeune fille. Douze ans, six mois et trois jours plus tard, Lily n'est plus la petite fille dont les cheveux volaient au vent sur la plage où elle s'était éclipsée. Ses traits apparaissent plus durs, ou alors, c'est ce maquillage à la mode : la ligne noire sur les paupières. Par chance, la page est publique et Joyce peut s'y introduire, mais – Seigneur ! – c'est une porte ouverte à tout-va. Quel est l'adulte qui la livre en pâture à ce monde dangereux ? Un prédateur. Ses tempes pulsent à tout rompre. Sa fille vit avec un psychopathe depuis des années. Elle va bien ? Est-ce que cet homme lui a fait du mal ? Elle se rassure : la photo de Lily ne figure pas sur un site porno, comme ceux dont Joyce s'est gavée pendant des années, avec des images écœurantes de filles asiatiques nues prenant des poses obscènes. Encore des enfants.

À force d'aller sur les réseaux sociaux, Joyce a le sentiment de vivre dans un monde virtuel. Pendant douze longues années, elle a ingurgité tant de photos de vacances, de blagues idiotes, de mêmes pensées philosophiques qui allaient et revenaient par vagues. Elle a visionné des milliers de visages sur l'écran. Voyeuse, elle a été témoin de baisers intimes, de caresses sur d'autres corps. Elle a avalé des centaines de gâteaux d'anniversaire, assisté à des milliers de fêtes de mariage. Elle a envié ces tablées heureuses, ces verres à moitié vides, ces bougies à la cire coulante, ces emballages froissés. Combien de fois ne s'est-elle pas dit que cette famille aurait pu être la sienne, Lily soufflant les quinze bougies, entourée de Richard, de leurs amis, d'elle-même, sa mère ! Elle s'était fait une raison et avait continué ses recherches. Aujourd'hui, son endurance est récompensée. Après avoir passé en revue les prénoms féminins par strict ordre alphabétique. A B C D… À nouveau le A, à nouveau le Z. Aujourd'hui, parmi les « A » : Alice Crown, Alice Darras, Alice Merveilles, et enfin, Ana Victoria Tundra. Elle a trouvé sa Lily sous le nom d'Ana Victoria Tundra.

Les moments qui ont précédé et suivi la disparition de sa fille, Joyce s'en souvient bien, car elle a dû les décrire maintes fois au traducteur de la police mexicaine, au consulat américain et aux détectives engagés par Richard.

Son mari avait choisi le Mexique pour les vacances. Lily venait d'avoir deux ans et tombait souvent malade. Le soleil et l'air de la mer feraient du bien à leur fille. Ce serait aussi l'occasion de se retrouver. C'était juste. Joyce était commerciale dans la vente de biens immobiliers. Mauvais payeurs, concierges frustrées, dégâts des eaux et problèmes de voisinage lui prenaient tout son temps. Elle ne passait pas beaucoup de temps avec son mari et sa fille, souvent enrhumée. Nourri des récits de voyageurs qui vantaient les paysages du Yucatán, Richard avait foncé dans une agence de voyages sur un coup de tête, sans même la consulter. Elle avait protesté à cause des vaccins à faire, des moustiques et de son agenda chargé, elle avait failli ne pas y aller, mais le destin en avait décidé autrement. *La famille est une valeur sûre,* lui répétait sa mère, avant de sombrer dans la démence sénile. Ce voyage devait racheter ses négligences.

Isla Mujeres, l'Île aux femmes, baptisée ainsi par le conquistador espagnol Hernández de Córdoba à cause des statues féminines, omniprésentes dans les temples mayas. L'île de la déesse de la lune et de la maternité. Divinité fâchée contre Joyce. Île idiote, île ouverte à tous les vents, île de la trahison. On vit dans un monde dangereux, même dans un hôtel de luxe.

Le quatrième jour de leur séjour, sur la plage bondée, le soleil brûlait sa peau. Lily construisait un château de sable, à quelques mètres d'elle. Son mari était invisible. Non loin de son transat, un jeune couple s'embrassait sans vergogne, on apercevait même le sexe gonflé de l'homme à travers le maillot. Joyce allait se plaindre auprès de la direction, il y avait des enfants quand même ! Plus loin, près d'un filet, un groupe de garçons russes jouaient au volley-ball. Ils transpiraient, les cheveux plaqués sur leurs fronts. Cela s'était passé si vite. Lily enduite de crème solaire et vêtue de son maillot de bain blanc à pois rouges. Elle tenait dans les mains une pelle achetée à la boutique de l'hôtel. Elle pleurait, car la mer venait de détruire sa forteresse. Joyce avait cherché Richard du regard, mais il ne se trouvait plus près de leur fille. Elle s'était levée pour la rejoindre, mais le serveur était apparu juste à ce moment-là pour lui servir sa deuxième margarita, puisque la première s'était renversée. La petite continuait de pleurer. *Maman arrive, Lily ! Attends-moi. Mets tes sandales, tu vas te faire mal avec les coquillages.* Les débris de ceux-ci sur la plante du pied sont comme les épines des rosiers : ça pénètre dans la peau, ça pique, finit par s'infecter. Elle ne voulait pas gâcher ses vacances. Le serveur lui avait caché la vue sur la plage quelques secondes. Celui-ci parti, Joyce n'avait plus vu Lily parmi la foule en maillots de bain et en shorts, mais Richard se tenait devant elle *: Où est passée Lily, Richard ? Je n'en sais rien ! C'est toi qui t'en occupais, non ? Non ! C'était toi !* La chaleur et l'alcool lui faisaient tourner la tête. Distraite, elle était restée seins nus. Bronzer avec un top, c'est risquer de garder d'horribles zones blanches, mais une mère seins nus, cela ne se fait pas, surtout si elle vient de perdre son enfant. Une femme l'avait enveloppée d'une serviette Mickey, tandis qu'une autre murmurait *Comment des parents peuvent être aussi inconscients ? Laisser une enfant de deux ans sans surveillance !* Joyce n'avait pas protesté : elle était une mère indigne. Et pendant que les autres chuchotaient leurs critiques, la mauvaise mère hurlait : *Retrouvez ma fille* ! Son serveur avait affirmé l'avoir vue en compagnie d'un homme. *Non, une femme*, avait corrigé un autre, en charge de distribuer les serviettes aux hôtes. *Un homme, je te dis !* Un homme ou une femme ? Cette question a nourri depuis l'alien affamé qui lui ronge les entrailles depuis. Ce corps étranger a fini par la posséder, sucer son repos et sa raison au compte-gouttes.

S'étaient alors précipités les cris en écho : *Su niña se perdió* ! *She lost her little girl.* Son enfant a disparu ! L'horreur déclinée dans toutes les langues, la traduction du mot enfer.

Personne n'avait rien vu. Baigneurs, personnel de l'hôtel et vendeurs ambulants avaient passé l'endroit au peigne fin. Rien.

Les policiers maîtrisaient peu l'anglais et à ce dialogue de sourds s'était ajouté l'affolement de Richard. Il répétait : *Ce n'est pas moi qui la surveillais ! Ce n'est pas moi !*

Que s'est-il passé entre le moment où elle a vu Lily pleurer et celui où elle a retrouvé la vue sur la plage cachée par le serveur ? Un enquêteur soutenait que Lily aurait pu entrer dans la mer. Un petit de cet âge-là peut se noyer dans quelques centimètres de profondeur, mais Lily n'aurait pas pu se noyer, car l'enfant avait toujours eu peur de l'eau, s'en tenait à distance, comme d'une chose effrayante. En balade au Lac Jordan, elle ne s'approchait jamais du bord, même pour apprécier de près la vue d'un canard, nombreux sur ce plan d'eau. Dans la pataugeoire de la piscine municipale, elle osait à peine se mouiller les pieds. Les maîtres-nageurs n'avaient pas quitté des yeux le bord de mer. Aucun accident n'aurait pu se produire sous leur surveillance. Un hélicoptère et des plongeurs avaient ratissé la zone, respectant la procédure, ne trouvant que des débris de pneus et des canettes de bière. La mer des Caraïbes étant infestée de requins, un filet de protection entoure les plages privées des hôtels. Aucune dépouille n'ayant été refoulée par l'océan, la conclusion de la police avait été l'enlèvement.

Après sa disparition, l'alerte Amber avait été déclenchée, et le portrait de Lily s'était trouvé affiché tous azimuts, dans chaque magasin du centre commercial, sur chaque arbre des parcs aux États-Unis et au Mexique. Des cailloux qui feraient revenir Hansel, Gretel et sa Lily. Elle s'était rendue dans les studios de la télévision et de la radio pour répéter toujours le même message : *Qui que vous soyez, rendez-nous notre fille. Par pitié !*

Le téléphone était devenu un monstre endormi dont elle guettait le réveil. *Nous avons le regret de vous informer qu'il n'y a rien de nouveau, mais l'enquête se poursuit* ! Elle détestait ces voix impersonnelles. Parfois, des journalistes l'appelaient. Jeunes et insouciants, ils devaient bien dormir, eux, sans l'aide de somnifères. D'autres fois, c'était une erreur, et elle répondait, furieuse, *Ah non, surtout pas ! Il ne faut pas se tromper. Pas chez nous ! J'attends une nouvelle, bonne ou mauvaise, pourvu qu'on en finisse !* Un auteur en quête de notoriété lui avait promis le Pulitzer ; un détective privé lui avait craché au téléphone : *Mes services seront gratuits si vous me permettez de filmer mon enquête pour la vendre à la télé.* L'exclusivité ? Il ne s'agissait pas de la vente d'une maison ! Elle en avait eu assez des marques de sympathie des voisins, collègues, membres éloignés de la famille. La plupart du temps, c'était sa mère qui l'inondait de ses larmes.

Il avait suffi d'une toute petite distraction. Quelques secondes pour que la terre s'ouvre et engouffre Lily dans les ténèbres. Le club très sélect des familles anéanties. Ils avaient d'abord été victimes des soupçons de la police *Est-ce que votre couple battait de l'aile ? Est-ce que votre enfant devenait encombrant ? Peut-être trop agité ? Il vous pourrissait la vie, n'est-ce pas ? Vous pouvez tout nous dire !* Ils avaient été blanchis grâce à l'aide du consulat américain et de vingt-sept enquêteurs. Vingt-sept. Joyce les avait comptés. Des hommes, des femmes, peut-être parents eux-mêmes. Tous se ressemblaient, avec leurs cravates et tailleurs noirs, en deuil annoncé.

Ses jambes tremblent de la même manière que ce jour fatidique de vacances au Mexique. Le numéro de l'inspecteur Donaldson est enregistré depuis des années dans le téléphone, juste avant celui du médecin de famille et du végétarien livrant à domicile. Joyce appuie sur la touche mémoire. Un geste automatique répété des centaines de fois depuis la disparition de sa fille, le 22 juillet 2005. Chaque sonnerie s'étire en longueur, dans le vide. De la main droite, elle continue à faire défiler la page de sa fille. Lily-Ana Victoria ne dit pas où elle habite. Joyce découvre des photos, des anecdotes futiles : Des milliers d'enfants traumatisés par le défilé d'éléphants roses dans le film de Dumbo. Est-ce de son âge ? À gauche de l'écran, elle trouve une longue liste de contacts aux États-Unis, au Mexique et en Europe, ainsi qu'une galerie de photos : Lily en maillot de bain. Seigneur, elle est si mince ! Devant quelle mer ? Isla Mujeres, encore et toujours ? Non, l'eau paraît plus sombre que sous les tropiques, les vagues plus hautes. Lily dans un musée, entourée d'une bande de jeunes gens. *Où est-ce que tu habites, bon sang ?* Joyce entend sa propre voix, rauque, car les murs de son appartement lui renvoient ses cris en écho. *Qui t'a enlevée ?* Elle cherche parmi ces jeunes le visage d'un adulte. Aucun. C'est rassurant.

La sonnerie du téléphone s'est arrêtée. Elle appuie à nouveau sur la touche mémoire. Elle se trompe, ce n'est pas l'inspecteur Donaldson qui lui répond, mais la voix automatique de la maison de repos où sa mère est pensionnaire, rappelant les heures d'ouverture et le numéro d'urgence. Elle raccroche d'un geste brusque, revient à Facebook. Lily-Ana Victoria doit aller bien, si elle peut se permettre de passer des heures devant son écran, si elle assiste à une exposition d'art. Pourvu qu'elle soit scolarisée. La ligne de la police est occupée, ses doigts lui font mal lorsqu'elle serre encore plus fort le combiné.

* *
*

León est une ville industrielle sur le déclin. Des immeubles à l'abandon et des hangars noircis témoignent d'un essor aujourd'hui lointain. La banlieue nord s'étend jusqu'aux collines basses au pied desquelles commence la vallée de San Felipe, une vaste étendue désertique. Des dizaines de maisons aux toits plats couronnés d'une citerne cylindrique dominent le paysage. Construites dans les années cinquante par le gouvernement, toutes les maisons sont peintes d'une couleur différente de leurs voisines.

Au milieu d'un de ces ensembles résidentiels, un bâtiment blanc et sobre s'est greffé au paysage : une prison. Une annexe venue soulager la surpopulation de la prison d'Islas Marías la prison centrale, où logeaient les prisonnières les plus dangereuses. Le centre pénitencier pour femmes fait face à la maison de Lucho. Le vieil homme se tient souvent face à la fenêtre de sa chambre, lorsque la sonnerie invitant les prisonnières à la promenade retentit. Il les observe sortir sous le préau en file indienne, habillées de leur uniforme bleu clair. Bibliothécaire bénévole, il connaît bien l'établissement, a accès aux cellules, à leur délabrement et à leur exiguïté. Lucho ne s'y fera jamais à cette horreur.

Il avance lentement dans le couloir, frappe à la porte de la chambre de sa petite-fille.

– Tu n'as pas soif, Ixchel ? Je vais préparer du thé.

Aucune réponse. Ixchel doit écouter sa musique, avec ses horribles écouteurs qui lui donnent un air de martien et l'isolent du reste au monde. Il descend les escaliers vers le rez-de-chaussée. Essoufflé, il doit s'arrêter un moment, agrippé à la rampe, avant de continuer. Dans le salon, il se saisit d'une figurine en verre. Un merle dont l'aile s'est détachée. Le fragment en cristal gît au pied du volatile. Il ouvre le tiroir de la commode et prend un tube de colle, dépose une goutte du liquide ambré sur la piécette. Cela suffit à réparer l'oiseau. Satisfait de son travail, il dépose l'objet à sa place et s'essuie les mains avec un chiffon, toujours à portée de main. Il crie à nouveau, Ixchel !

Dans la cuisine, il pose une casserole remplie d'eau sur le feu, met deux sachets de thé dans des tasses. Enfermé dans une cage, un canari s'agite. Lucho sort par la porte-fenêtre et s'approche de lui. En sa présence, l'oiseau gazouille, tourne la tête dans sa direction. Il ouvre le grillage avec précaution, prend un paquet de graines, en verse une rasade dans la mangeoire. *Heureusement que tu m'as, Toñito ! Oh ! Mais, dis donc, tu sais que tu chantes de mieux en mieux ? Tu devrais te chercher un chœur de canaris !* Une fois la grille de la cage fermée, il prend une ramassette. Hilaria a encore laissé ses mégots sur le sol. Ses éternelles cigarettes ! Quel mauvais exemple pour Ixchel !

Il est sur le point de l'appeler à nouveau, mais Ixchel apparaît sur le pas de la porte. Grande pour son âge, ses cheveux blonds tombant en boucle sur ses épaules. *Elle va faire des ravages parmi les garçons !* Elle est bien loin, l'enfant arrivée il y a douze ans, lorsque Hilaria l'a adoptée. À l'époque, sa fille avait teint en noir ses cheveux pour que la petite lui ressemble et les gens ne causent pas derrière son dos. *Hilaria ! Ce n'est pas nécessaire ! Tu diras que tu es veuve d'un blond. Les produits chimiques, sur un enfant si jeune, ce n'est pas bon*, avait averti Lucho à l'époque. Sa fille voulait faire les choses parfaitement.

– J'ai chauffé l'eau pour le thé. J'ai aussi préparé du « pastel de calabaza ».

Ixchel enlève ses écouteurs et s'approche pour serrer Lucho dans ses bras.

– Tu as encore nettoyé, Abuelo ? Tu as déjà passé la serpillière hier… et avant-hier.

– Je n'aime pas rester les bras croisés. Bois.

– J'adore ton thé de manzanilla.

Sur la chaise en bois recouverte d'un tissu fleuri cousu par Lucho, Ixchel paraît encore plus mince, ses cheveux en bataille, avec quelques nœuds. Elle prend la tasse décorée Disney, cadeau d'Hilaria. Le chien Pluto, la gueule grande ouverte, leur sourit.

– J'espère que tu as mis des fruits rouges dans tes muffins ! Au fait, tu as vu le tapage avec l'arrivée de *Metallica* à la salle des concerts de León ?

– De quoi tu parles ?

– Le groupe de Heavy Metal ! Il y a même eu des blessés parmi ceux qui voulaient un autographe. On devrait se payer une télé. Ou au moins écouter les informations à la radio ! Je n'ai jamais vu un simple journal ici. On dirait une caverne, cette maison !

– Je te couvre tout le temps auprès de ta mère pour que tu puisses sortir, et tu dis que tu vis dans une caverne ? Tu peux aller écouter tes chanteurs, toi. Moi, le bruit, ça me dérange, alors, à la maison…

– Avec le boulot que tu avais ? Tu veux rire ! Un abattoir, c'est bruyant. Mais comment est-ce qu'on peut vivre en tuant des bêtes ? C'est dégueu…

– Il faut bien vivre de quelque chose. Les factures, tu crois qu'on peut les brûler, hein ? Arrête de rouspéter et mange. Tu me fatigues ! Qu'est-ce que tu fais aujourd'hui ?

– Un entraînement. On a un match de qualification la semaine prochaine.

– Je préfère ça. Je n'aime pas trop que tu passes des heures sur internet. Si ta mère savait !

– Tu ne le lui diras pas, Grand-père ! Les ordinateurs, ce sont les livres d'hier ! On y trouve tout.

Ixchel le serre dans ses bras. Comment lui refuser quoi que ce soit ? Sa petite-fille la désarme. Il la gâte trop et il le sait, mais n'est-ce pas le rôle des grands-parents ? À Hilaria de l'éduquer, après tout. La jeune fille lâche son grand-père et prend un biscuit. Lucho l'observe manger. Ixchel a un solide appétit et adore les friandises, mais elle ne prend pas un gramme grâce au sport. Hilaria est ronde depuis son enfance. La minceur, il paraît que c'est héréditaire. Bien des mystères restent et resteront pour toujours quant à la mère d'Ixchel qui l'avait abandonnée dans l'anonymat. Hilaria a réussi à bien élever cette orpheline.

– Attention ! Tu as renversé du thé. Je prends un essuie.

– Reste assis ! Si tu me parlais ?

– De quoi ?

– Comment était mon père ?

Lucho se tortille les mains. Voici à nouveau son Ixchel avec ses questions sur ses origines, Hilaria voulant à tout prix lui cacher son adoption. Lucho se rappelle son apparition parmi la foule qui grouillait à la Centrale d'autobus de León le jour de son arrivée, il y a douze ans. Sur le quai, Hilaria lui avait annoncé l'adoption de cette enfant. Celle-ci, fatiguée par le long voyage en bus, se cachait dans le jupon d'Hilaria, les yeux à demi-fermés. Lucho avait alors assailli sa fille de questions. Pourquoi ne pas lui avoir parlé de l'adoption ? Cela avait été facile en étant célibataire ? D'où venait-elle ? Pourquoi est-ce qu'Ixchel parlait anglais ? Voilà une des nombreuses interrogations qui le taraudaient. Hilaria, évasive, s'était contentée de faire allusion à son travail aux États-Unis, puis chez des particuliers à Tijuana. Des parents anonymes avaient abandonné Ixchel dans un orphelinat où Hilaria faisait un remplacement. *La moitié des gens parlent anglais à Tijuana, papa ! Tu es bien curieux. Laisse-moi au moins le temps d'arriver et embrasse ta petite-fille ! Tu auras plus de travail à la maison à partir de maintenant. J'aurai besoin de ton aide.*

À leur arrivée chez lui, Lucho avait nettoyé une chambre faisant office de débarras. Une fois au lit, Hilaria était restée un moment avec l'enfant, qui pleurait et réclamait sa maman.

Hilaria ne s'était pas aperçue de sa présence sur le pas de la porte. Lucho était resté quelques minutes à la regarder consoler l'orpheline, couchée dans le lit étroit. Cette première soirée avec Ixchel avait marqué Lucho de manière indélébile. L'enfant d'à peine deux ans avait le regard triste d'un adulte. Sa fille s'était contentée de sourire et de lire un conte à l'enfant. À voix basse. On aurait dit que l'histoire racontait un secret entre la mère et son enfant, unies dans un cercle dont Lucho s'est senti exclu. Une histoire à elles, comme toutes les histoires, avec ses zones obscures. Le récit parlait de la mer sous le Tropique du cancer et d'un chat en vacances. Lucho s'était souvenu alors du chaton d'Hilaria, quand elle était enfant. Comment s'appelait-il déjà ? Un tigré recueilli dans une gouttière. Il avait vécu chez eux jusqu'à sa mort. Pas une larme de la part d'Hilaria pour ce chaton, mais c'était l'époque où elle commençait à sortir avec les garçons. Trop occupée à se maquiller, elle n'avait que faire de la mascotte.

Depuis qu'Hilaria avait de nouveau mis un pied dans la maison, elle s'était transformée. Un changement minime. Un rien, une pointe de brise qui s'insinue par une fenêtre entrouverte. Ce changement ne résidait pas dans son physique. Hilaria était toujours aussi ronde, avec ses cuisses pleines et ses épaules carrées. Elle tenait de sa mère, avec ses formes qu'il avait caressées tant de fois. Sa fille tenait ses cheveux opaques emprisonnés dans une queue de cheval. En réalité, le changement résidait dans quelque chose de plus subtil. Fini le mouvement nerveux de ses pieds, battant la mesure de la musique dans sa tête, fini les traits marqués, le regard abrupt d'avant, qui avait cédé la place à la douceur. Lucho ne se trompait pas : des larmes roulaient sur les joues de la jeune femme, alors qu'elle murmurait des mots doux à l'oreille d'Ixchel.

Après plusieurs nuits passées à pleurer et à réclamer ses parents, Ixchel s'était consolée avec sa mère adoptive. Hilaria avait abandonné la manucure. Elle portait les ongles courts, ses doigts dévoués aux tâches propres à une mère. Ce séjour aux États-Unis lui avait été bénéfique, même si son humeur n'était jamais égale. Il arrivait à sa fille de se lever joyeuse un jour, pour tirer la tête le lendemain. Pas un bonjour, pas un sourire. Depuis la mort de sa mère, elle était devenue une adolescente difficile. Il est vrai que lui-même avait du mal à oublier les circonstances tragiques du décès de sa femme, alors qu'ils se trouvaient dans une fête et qu'elle dansait. Mais c'était de l'histoire ancienne et le bonheur chasse le malheur. En débarquant de cet autobus avec sa fille adoptive, Hilaria apparaissait enfin plus apaisée. Une femme est transformée lorsqu'elle devient mère ! Au bout de quelques mois, avec la gentillesse et les soins d'Hilaria, Ixchel avait repris goût à la vie. Avoir été abandonnée lâchement par ses deux parents n'était pas rien. Peut-être que ces gens étaient drogués ou alcooliques. Doux Jésus !

Aujourd'hui, Ixchel est une adolescente ravissante, la joie de la maison. Une adolescente normale, comme ceux qui viennent aux activités dans le centre de jeunesse dont il s'occupe avec la paroisse.

– Je t'ai déjà tout raconté. Ton père est mort très jeune. Je ne l'ai pas connu. Ta maman vivait alors à la frontière du Nord.

– Tu es sûr ? Tu ne te rappelles pas d'autre chose ? Maman ne veut pas en parler. Elle n'a gardé qu'une seule photo de lui. Ils s'entendaient bien, j'espère !

Ah ! La fameuse photo. Devant l'insistance d'Ixchel, Hilaria avait récupéré la photo de jeunesse de Felix, le vieux malade dont elle assure la garde, malgré les protestations de Lucho. *C'est immoral, Hilaria. Tu ne peux pas faire ça ! Qu'est-ce que tu veux que je fasse, papa ? Tu préfères qu'elle sache que ses deux parents l'ont abandonnée ? Tu n'as aucune pitié pour Ixchel ? Je n'aurai jamais la paix si je ne lui donne pas au moins ça !* La photo du vieux Felix trônait sur la commode de la jeune fille. Une honte. Lorsque Lucho dépoussière le cadre, il demande pardon secrètement à cet homme qui vit encore.

– Bien sûr, ma puce ! Si elle ne te parle pas beaucoup du passé, c'est que ta maman est fatiguée. Elle a ses nuits de garde. Il faut la comprendre.

Ixchel hausse les épaules.

– Au moins, je sais que papa était beau. Par contre, maman parle beaucoup de sa maman ! Elle m'a raconté sa mort. Horrible !

Lucho baisse le regard. Sa femme avait été une bonne mère. Il avait suffi d'une bête dispute de fin de fête pour l'anéantir.

– Il est tard. Tu ne devais pas aller à ton entraînement de volley-ball ? J'ai lavé ton short. Il est déjà dans ton sac, avec ton maillot et ta bouteille d'eau. Tu ne bois pas assez.

La jeune fille regarde sa montre, se lève d'un bond en s'essuyant la bouche avec une serviette et embrasse son grand-père sur la joue.

– Qu'est-ce que je ferais sans toi, Abuelo ?

– Et moi ?

– Tu sais qu'on est déjà deuxième du classement inter-écoles ?

– Tu es ma championne à moi !

Une fois Ixchel partie, Lucho monte à l'étage, prêt à nettoyer les chambres. Nettoyer, voilà la meilleure manière de ne pas penser. Si cela ne tenait qu'à lui, cela ferait longtemps qu'Ixchel saurait pour son adoption. Quel mal y aurait-il à ça ? Que du contraire ! Hilaria a été exemplaire et généreuse. Ixchel avait été élevée avec l'amour maternel, n'avait jamais manqué de rien. Il fallait les avoir vues jouer au ballon dans l'arrière-cour ! Si elle était une si bonne joueuse, c'est pour une bonne raison.

Il prend un chiffon et le passe sur sa machine à coudre. Une Singer mécanique, avec la pédale en métal. Au retour d'Hilaria avec l'enfant, il avait dû apprendre à cuisiner autre chose que des pâtes, la couture et le repassage. Après le travail de brutes qu'il avait dû faire, les tâches ménagères ne lui déplaisaient pas. Il lève le regard, va à la fenêtre et caresse le bois écaillé de la traverse. *Ça aussi, il faudra que je m'en occupe !* Tout s'abîme avec le temps.

* *
*

Joyce parcourt toujours la page Facebook d'Ana Victoria Tundra, le combiné du téléphone coincé entre son épaule et son cou. Lorsqu'elle entend enfin la voix rauque de Donaldson, ses mots se précipitent :

– Je l'ai trouvée, Inspecteur !

– Attendez. Qui est à l'appareil ?

– Joyce McMillan. Allez sur Facebook, tapez…

– Joyce ?

– Oui, c'est moi. J'ai trouvé Lily. Ma fille est vivante. Lily. En fait, elle ne s'appelle plus Lily. Elle s'appelle Ana Victoria.

– Attendez. Je ne comprends pas.

– Sur Facebook. C'est son visage.

Le policier ne répond pas. Joyce entend des voix, des rires et des sonneries de téléphone en toile de fond. Enfin, l'inspecteur parle à voix haute, pour couvrir le vacarme.

– Ne vous emballez pas, Joyce. Les images peuvent être trompeuses. Vous vous souvenez de la jeune fille dans le bus ? Vous pensiez que…

– Je ne me trompe pas cette fois-ci !

– Vous avez déjà dit ça la dernière fois. Et l'avant-dernière. C'était quoi déjà ? Oui, je me souviens, une serveuse de fast-food.

– Je vous assure, cette fois-ci c'est elle. Vous n'avez qu'à aller voir de vos propres yeux.

– Facebook…

– Je vous en supplie.

– Très bien, Joyce. Calmez-vous. Donnez-moi le nom. Nous allons vérifier. Alison vous dites ?

– Ana Victoria. Ana Victoria Tundra. T, U…comme ça s'entend.

L'inspecteur toussote. Joyce l'imagine la cigarette au bout des lèvres, ses vêtements imprégnés de l'odeur du tabac froid. Il râle contre la lenteur de son ordinateur, se plaint des réductions de budget dans la police, et enfin décrète :

– C'est vrai que la ressemblance avec le portrait-robot de celle qui pourrait être votre fille aujourd'hui est saisissante. Néanmoins…

– Néanmoins, vous dites ? Comment pouvez-vous… ?

– Ana Victoria Tundra peut être un nom d'emprunt. Voyons voir. Elle est en pays hispanophone. Elle serait donc restée au Mexique ? Je vais creuser ça. En attendant, prenez un peu de repos.

– Vous me demandez de me reposer alors que je viens de trouver ma fille ?

– Je vous promets de m'en occuper avec un collègue spécialiste des réseaux sociaux. C'est lui qui contactera Facebook. Si toutefois…

Joyce raccroche. Si la police baisse les bras, elle n'abandonnera pas. Lily sera bientôt avec elle.

* *
*

La cafetière gargouille. Dans son appartement d'un quartier modeste au centre de Raleigh, Peter prend la vieille machine achetée au Flea market. La même que Marlowe, le détective privé, personnage principal des romans de Chandler, son auteur favori. Il la remplit de café fraîchement moulu. Le liquide brun passe lentement du récipient en cristal dans la partie supérieure, au deuxième en dessous avec un bruit discret de succion.

La lumière de l'après-midi pénètre dans la cuisine. Une lueur déformée par les traces de pluie de la nuit dernière. La vitre face à l'évier a gardé l'empreinte de la main d'Ivy. C'était quand, la dernière fois que sa fille était venue lui rendre visite ? Cela doit faire un mois, occupée comme elle l'est à assister à des réunions ou à des formations. *Tu as vu, papa ? Il y a un rouge-gorge sur le balcon ! Comment on ouvre déjà ?* Elle avait poussé le battant avec sa main droite, celle qui porte la bague de sa mère : une pièce en argent, sertie d'un oiseau, une améthyste dans le bec. Peter pose sa main sur ce souvenir éphémère.

– Ça va Peter ?

– Oui, bien sûr. Voilà, le café passe. Tu veux du lait, du sucre ?

Katrien, sa collègue de SOS Enfants en danger est derrière lui. Il la devine à son parfum. Un mélange doux de chèvrefeuille et de muguet. C'est la première fois depuis des mois qu'une femme entre chez lui. Il n'est pas sûr d'aimer sa désinvolture.

– Elle te manque ?

Comment est-ce que Katrien a deviné ? Les téléphones, bien sûr. Il se retourne.

– Ma fille ? Non, pas du tout ! On ne fait pas des gosses pour les retenir à la maison !

– Je parlais de ta femme.

– Nancy ? Cela fait des années qu'elle est morte. J'ai fait mon deuil. Bien sûr, je ne l'oublierai jamais, tu vois ce que je veux dire.

La jeune femme fait un geste vers le téléphone mural. Elle porte une robe ample, transparente dans la partie inférieure. Ses fines jambes se découpent à contre-jour.

– Tu n'aurais pas intérêt à avoir un téléphone sans fil ?

– Il y en a un, mais il tombe tout le temps à plat. Les batteries. Je ne voudrais pas rater un SOS de l'association. Tiens, fais attention à ne pas te brûler.

Katrien prend la tasse fumante et s'appuie sur la machine à laver. Il aurait dû passer un chiffon. Il n'est pas très doué pour le ménage. De plus, comment pouvait-il savoir qu'elle entrerait dans la cuisine ? Sa jolie robe sera souillée.

Cette semaine, mercredi, ou peut-être jeudi, c'est Ivy qui franchira cette porte à nouveau, avec un sac rempli de linge sale. *Papa ! Ma machine à laver est tombée en panne !* Elle dira ça avant même de l'embrasser, enlèvera ses Docks Martens à la hâte, la botte gauche atterrira d'un côté, la droite, de l'autre. Sa mère détestait ça. Il râlerait pour la forme. *Tu exagères ! Tu ne peux pas passer juste pour dire bonjour à ton vieux père ?* Elle rira de ce rire qui le désarme. Elle lui demandera s'il a bouffé du lion, le prendra dans ses bras, et Peter lui dira : *Tiens ! Tu as changé de parfum ?* Elle lui répétera pour la énième fois que les parfums, ce n'est pas son truc. *Mon gel douche !* Peter le fait pour la narguer. Elle foncera dans l'appartement, le grondera : *Tu regardes encore la télé ? Il fait super beau. Si on sortait manger chinois ? À ton tour de payer. C'est à chaque fois mon tour,* répondra-t-il. Peut-être que le rouge-gorge complice reviendra sur son balcon et qu'Ivy posera sa main sur la vitre de la cuisine. *Comment s'ouvre cette fenêtre, déjà ?*

– Tu es perdu dans tes pensées.

– Ne fais pas attention, Katrien. Le travail me bouffe.

– Tu dois apprendre à t'en détacher, prendre de la distance, dit-elle en sortant un bonbon de son sac. Ce n'est qu'un boulot. Avant, je m'occupais des dettes dans une agence de médiation, négociais avec les banquiers. Des familles entières risquaient de se retrouver à la rue. Je devais faire vite. Il fallait faire preuve de sang-froid. Je me souviens d'un dossier à la *Fidelity Bank*... Tu en veux ?

Peter refuse le bonbon que sa collègue lui propose. Il ne l'écoute plus. Il a un goût amer en bouche. Il prend une gorgée de café. À son âge, qu'avait-il derrière lui ? Un veuvage, des courtes aventures avec des femmes qui le laissent tomber rapidement et une carrière où les échecs étaient plus nombreux que les réussites.

– Une fois, un homme s'était endetté jusqu'au cou avec l'achat d'une voiture de luxe. Crac ! Il fait un accident. Sinistre total. L'assurance paye, et que fait le type au lieu de rembourser la banque ? Je te le donne en mille, il part en vacances avec cet argent ! Lorsqu'il a fallu payer sa dette, je suis entrée en scène, à cause des enfants. Là où il y a un enfant en détresse, il y a un parent irresponsable !

Elle quitte la pièce. De toute façon, il ne l'écoutait plus. C'est une vraie pipelette. Il pense à sa femme Nancy. Elle parlait peu, et sa voix était douce. Des notes de violoncelle s'échappent du salon. Son invitée a mis un CD. Le concerto numéro un de Chostakovitch. La tasse vide de Katrien repose déjà dans l'évier. Elle a ôté l'élastique qui serrait ses longs cheveux et l'a déposé sur la table en formica, encombrée de pots de confiture et de paquets de céréales.

Mercredi, ou peut-être vendredi, Ivy fera le contraire : elle lavera elle-même sa tasse de café, ramassera ses cheveux en chignon et dira : *Toujours seul ? Pas de copine ?* Il rougira, répondra : C'est compliqué ! *Arrête !* Elle prononcera ce mot avec sa manière bien à elle, ferme et sûre d'elle. *Cela fait six ans que maman est partie. Il faut tourner la page. On est mieux accompagné que seul !*

Il n'a pas entendu la jeune femme revenir du salon. Elle pose la main sur son bras. Il retire le sien. Il le sait : avec Katrien, il n'ira pas plus loin.

– Je t'ai déjà dit que j'ai rencontré quelqu'un ? dit-il. Je crois que c'est sérieux.

La sonnerie du téléphone retentit.

– Tu ne risques pas de manquer un appel, en effet !

Peter est soulagé par cette interruption. Il ne sait pas mentir, et quand il doit le faire, il s'embourbe dans ses mensonges. C'est le directeur de SOS Enfants en danger, monsieur O'Higgins. *Peter, lâche tout et ramène-toi au bureau. Il y a un retentissement dans l'affaire de disparition de la petite Lily McMillan. Sa mère l'a reconnue sur les réseaux sociaux. On dirait que cette fois-ci, ce n'est pas une fausse alerte. Interpol est déjà sur le coup. Je vais avoir besoin de toi. Ton passeport est à jour, j'espère ?*

Alors que son patron a raccroché, Peter garde le combiné en main. Joyce. Il revoit son visage, ses yeux bleus étonnés, la finesse de son cou accentuée par ses cheveux courts. Elle aurait réussi là où la police et son association avaient échoué ?

Hilaria

Si j'ai suivi la famille McMillan au Mexique, c'est parce j'avais besoin de prendre des vacances. J'aimais beaucoup Lily, la petite fille des voisins de l'immeuble où je travaillais comme garde-malade depuis mon arrivée clandestine aux States. Leur appartement était voisin de celui de Mrs Peterson, ma cliente.

La première fois que j'avais croisé Joyce McMillan en bas de l'immeuble, l'Américaine m'avait prise pour la concierge *Qu'est-ce qui se passe ici ? Prenez le balai et mettez-vous au travail !*

Réalisant sa méprise, la mère de Lily s'était confondue en excuses, mais je n'étais pas dupe : Joyce me snobait. L'arrogance, voilà la caractéristique principale des riches. Leur petite fille, par contre, était une enfant souriante et câline. Pas encore pourrie par l'éducation de ses horribles parents. Lorsque je les croisais dans le couloir, je leur proposais de les aider à porter un paquet, ou bien je prenais Lily dans mes bras et je lui chantais une comptine en montant les marches quand l'ascenseur tombait en panne. Joyce se montrait crispée. Pourquoi ? Ne doit-on pas toujours désirer ce qu'il y a de mieux pour son enfant ? Je lui offrais le meilleur de moi-même. Un sourire, des bonbons et des cadeaux, mais je voulais en faire plus, lui donner de mon temps. J'ai alors proposé à Joyce, Mrs McMillan, de garder Lily. La bourgeoise a refusé. Ils avaient déjà une agence leur fournissant baby-sitters et nourrices. Tu parles ! Je les ai vues défiler, ces jeunes écervelées, inexpérimentées et irresponsables. Aucun uniforme ne pouvait cacher leurs maladresses ! C'est à elles que les McMillan confiaient leur fille pendant qu'ils faisaient de l'argent. Ils en voulaient toujours plus, alors qu'ils auraient pu vivre confortablement en travaillant moins, jouir de la présence de la petite. En deux ans, pas moins de quatre nourrices différentes s'étaient occupées d'elle, même le week-end, la mère étant trop assidue à son club de gym pour se sculpter un joli corps, ou bien chez le coiffeur pour entretenir sa coupe courte, toujours impeccable, limer ses ongles peints en bleu, du même ton que ses vêtements. Du bleu décliné sur tous les tons. Quel manque d'imagination, cette Joyce !

Une énième baby-sitter m'a dit que les McMillan partaient en vacances au Mexique. Je me suis dit que j'avais besoin de prendre l'air, moi aussi. Les langes sales et la naphtaline finissent par vous flétrir par un effet d'osmose. Je méritais du repos et voir Lily toute la journée serait réjouissant. C'est qu'entre moi et la petite, le courant passait. Une complicité silencieuse comme entre une mère et sa fille.

* *
*

Joyce a gardé son lit deux places. Un meuble massif avec une tête en bois sculptée de motifs orientaux, acheté chez Joss and Main. Les draps sont doux, dégagent un arôme de lavande fraîche. Le sommeil est parti et ne reviendra pas de sitôt. Quelle heure est-il ? Quel temps il fait aujourd'hui ? Elle s'étire, attrape son portable et clique sur METEO. Il y a du soleil dehors. Les stores baissés, elle n'avait rien vu.

Il lui arrive de regretter Richard, surtout le dimanche matin, lorsqu'ils paressaient au lit. Le divorce était pourtant inévitable. Rares sont les couples qui survivent à la disparition d'un enfant, pourquoi le sien aurait-il fait exception ? Après des années de recherche et d'attente, il y avait eu la fatigue, la lassitude de ne plus jamais sortir faire du shopping ou au cinéma sans emporter avec elle l'obsession de chercher chez chaque jeune fille le visage de Lily. *C'est de ta faute. L'idée de ce voyage… Arrête ça, Joyce. Arrête* ! la suppliait Richard. *Tu ne peux pas me pardonner ? Je te signale que toi aussi tu étais sur la plage ce jour-là ! La différence est que je ne t'en veux pas. Tu ne peux pas me regarder un instant ? Je suis encore ton mari ! Tu ne veux même plus que je te touche !* Mais il n'y aurait plus d'avant. Enterré l'avant. Pas moyen de faire marche arrière. Richard n'a plus supporté ses récriminations, de la voir devenir une loque. Elle n'avait même pas la force d'enfiler des baskets pour un tour au parc avec lui. Seules ses recherches comptaient, allumer l'ordinateur tous les soirs après le travail, un geste automatique, comme lorsqu'on écarte les rideaux pour laisser pénétrer la lumière après une nuit de sommeil agité. Elle cliquait sur l'icône bleue telle une maîtresse qui embrasse son amant au réveil. Elle a trahi son mari avec un ordinateur. *Je veux vivre, oublier*, lui avait-il sorti tout de go, un matin devant leur omelette au bacon et leurs verres de jus d'orange.

Richard pouvait oublier, elle en était incapable. Leur fille était peut-être morte et à défaut de faire le deuil de Lily, il avait fait le deuil de leur couple.

Sur sa table de nuit repose la dernière photo des vacances. À contre-jour, on ne distingue pas le visage de Lily. Un sfumato de fille.

Ces draps. Il y a douze ans, le sable de la plage d'Isla Mujeres lui faisait penser au satin, car là-bas, le blanc était omniprésent : dans les blouses des serveurs, dans les nappes des tables du restaurant en terrasse, dans les torses laiteux des hommes étrangers, dont les regards libidineux l'écœuraient. Elle se rappelle le regard de Richard. Face à la mer des Caraïbes, quelques minutes à peine avant la disparition de sa fille. L'eau était bleu-turquoise. Elle aurait dû se méfier de cette eau. Trop bleue, trop statique pour augurer quelque chose de bon. Elle aurait dû craindre ce soleil qui cognait leurs peaux blanches. Trop fort, ce soleil. Enragé. Elle aurait aussi dû se méfier du sourire obséquieux du personnel de l'hôtel. À force de rêver d'une vie après la mort, on s'invente des paradis terrestres : lieux de vacances de luxe, bars à la mode, maisons de retraite où l'on vous promet que la vieillesse sera un chemin semé de pétales de roses. Et Joyce pense à sa mère qui se retrouve immunisée contre la tristesse dans la forteresse de la maladie d'Alzheimer. À l'école, on apprend à lire et à compter, mais pas à lire les présages. Dans son éducation, elle avait appris à faire de l'argent, à réciter des prières et à respecter les bonnes manières. Pourquoi ne lui a-t-on pas appris à lire l'avenir dans la lumière, celle qui annonce un désastre ?

Face à la mer quelque part loin d'elles, Richard leur avait tourné le dos. Joyce l'imaginait les yeux fermés. C'est alors que la foule anonyme avait profité de cette brèche et avait englouti Lily.

Ces souvenirs reviennent sans cesse, dans un flux et reflux incessant. La marée montait, puis plus rien. Juste un voile blanc et des cris, des cris horribles : les siens. Ces cris qui l'avaient rendue aphone pendant quelques jours. *Je n'aurais pas dû la confier à Richard, je n'aurais pas dû. Mon Dieu, comment une petite fille peut-elle disparaître sur une aussi petite île ? Huit kilomètres sur quatre !*

C'est connu, la plage est le seul endroit où les gens osent se montrer presque nus. Personne ne se dénude ainsi au supermarché du coin, devant un voisin ou la photocopieuse au bureau, mais à la plage, tout est permis. Joyce ne faisait pas exception, dans son bikini *Seefolies.* Midi, avec le soleil au zénith, est l'heure la plus cruelle. Pleins feux sur ses bourrelets et ses boursouflures, la cicatrice du jour où elle était tombée de vélo, enfant. Toutes ces traces d'une vie sur sa peau, à côté des corps plus chanceux. Et le regard de Richard qui se voulait discret, mais elle savait qu'il ne pouvait s'empêcher de faire la comparaison entre sa femme dans la quarantaine et ces jeunes femmes aux robes échancrées. On peut avoir été belle, et ne plus l'être, ou ne pas l'être et en prime, ne jamais l'avoir été. Joyce s'embrouille.

Ce premier jour de vacances dans le Yucatán, elle avait surpris Richard, les yeux rivés sur cette fille russe. Ou suédoise. Impitoyablement jeune en tout cas. Cela faisait longtemps que le regard de Richard se perdait dans les méandres d'une longue chevelure, les bords d'un monokini, ou même ailleurs. Loin d'elle.

C'est de notoriété publique : sur la plage, les gens se mettent à nu. Lisez dans leurs yeux, dans le mouvement des sourcils. Un geste minime, éphémère – le mouvement de l'aile d'un papillon qui se pose sur une fleur –, mais que vous avez appris à déchiffrer, à force. *Richard, tu m'écoutes ? Oui, Joyce, mon amour, je t'écoute !* Mais c'est un mensonge, la corrosion du couple, votre alliance qui rouille par l'effet de l'eau salée des tropiques.

À midi, en ce quatrième jour de ces vacances maudites, Richard ne regardait pas une autre femme. Ses yeux fixaient l'horizon, là où les bateaux de croisière partaient pour les promenades de l'après-midi. Voulait-il déjà la fuir ? Parfois, dans leur lit à Morrisville, pendant que Richard lui faisait l'amour les yeux fermés – il gardait toujours les yeux fermés à ce moment-là – il lui arrivait de lui faire mal. Une étreinte trop brusque, un mouvement maladroit. Elle protestait et il se retirait. Alors tout s'arrêtait, romantisme et sexe. Son mari s'endormait dans le noir de la chambre et Joyce passait une nuit blanche, comme la lumière artificielle de la ville. Le souvenir de sa robe de mariée devenue linceul, comme la procession qui leur avait coupé la route dans un de leurs voyages en Inde, était un souvenir en blanc aussi. Adultes et enfants suivaient un petit cercueil couvert de satin. Peut-être un avertissement pour Joyce, un signe précurseur de ce qu'elle allait vivre : l'impensable dans la solitude, car Richard l'avait abandonnée trois ans après la disparition de leur fille. Le propre père baissait les bras, tout comme la police, les avocats, les détectives privés engagés pour rien. Même les journalistes, une fois leurs photos et articles à sensation vendus, avaient oublié l'affaire de cette disparition d'enfant.

Ses souvenirs à elle commencent à s'estomper. Il faut rester alerte, ne pas oublier le moindre détail. Joyce a tout couché sur papier : des post-its de toutes les couleurs collés sur le frigidaire, les murs et les meubles, un labyrinthe où elle tourne en rond, un fil rouge qui s'enroule autour de son cou et l'étrangle. *Reprendre contact avec le consulat américain, au Mexique.* Certains mots sont barrés. Une croix pour signifier que le travail a été fait, ou bien que la piste n'a rien donné. *Lily aperçue en Australie, Lily en compagnie de deux hommes sur un marché, en France. Informer Peter.* Le bon Peter, de l'Association SOS Enfants en danger, le seul à lui téléphoner régulièrement, à s'inquiéter de son moral. Il continue ses recherches, inlassablement. Parfois, il l'appelle par Skype et Peter apparaît déformé à l'écran, avec sa minceur et sa barbe naissante, ses cheveux coupés à la militaire. Avec elle, cet homme d'une cinquantaine d'années est le seul à croire que Lily est encore en vie, *Tant qu'il n'y a pas de corps…oh ! Excusez-moi, Joyce.* Un cadavre ! Voilà comment on parle de sa fille ! Peu importe, Peter est la seule personne à qui Joyce excuse ses maladresses.

Il faut absolument que je le mette au courant. Il saura quoi faire.

Elle quitte son lit, se dirige vers la salle de séjour et prend son téléphone. Pas question de se tromper de numéro cette fois-ci.

Hilaria

Il fait sombre dans l'appartement du vieux Felix et ça sent la vieillesse. L'odeur de vieux est un mélange de relents de nourriture réchauffée, de moisissures, de souvenirs anciens avec une pointe d'arôme d'eau de toilette luttant pour étouffer le tout. J'évite les journaux, les plaids et les pantoufles éparpillés par terre, me précipite à la fenêtre du living pour ouvrir les rideaux.

– Ah, c'est vous, Hilaria ! Vous pourriez dire bonjour. Je vois qu'une nouvelle fois vous êtes de bonne humeur !

Je ne réponds pas. J'enlève ma veste et enfile ma blouse blanche. Cet uniforme n'est pas indispensable en tant que garde-malade et aide-ménagère, mais à mes yeux, donne un certain statut. Pourquoi se fatiguer à étudier et à obtenir des diplômes si un simple habit peut inspirer le respect de l'autre ?

– Où est passé mon tapis oriental, Hilaria ?

C'est la millième fois qu'il me demande où est passée sa vieillerie. Je lui ai déjà dit que les mites l'ont rongée. Que j'ai dû la jeter. Mentir aux personnes âgées est facile. Je l'ai toujours fait. Un mensonge vaut parfois mieux que la vérité. Ou, dit avec d'autres mots, on se tait pour ne pas énerver l'autre. Les tapis représentent un danger, à cause des risques de chutes. Je les ai donnés à sa fille, en lui expliquant que son père risquait de se retrouver à l'hôpital avec une fracture de la hanche. La jeune femme les a tous pris, ravie. *Je suis contente de pouvoir récupérer ces merveilles, merci beaucoup, vous faites le bonheur de tout le monde !* Sale égoïste. Les familles de mes clients se ressemblent toutes : sous leurs airs préoccupés et avenants se cache la convoitise. Elles veulent toutes le fric du futur défunt sans les inconvénients. Un avantage pour moi, car je n'ai jamais manqué de boulot. Les garde-malades à domicile sont l'alternative à la maison de retraite, plus chère. Quand je pense à la chance qu'ont mes amies ! Serveuses dans des restaurants ou bars, elles ont l'occasion de partir en vacances et en reviennent bronzées et détendues. Moi, je me retrouve clouée aux vieux tapis, enfermée entre quatre murs. Le seul avantage est que je suis ma propre patronne. Si un travail me lasse, je le quitte et au suivant ! J'adorerais garder des enfants, mais, allez savoir pourquoi, je n'ai jamais réussi à me faire embaucher. Pour les aînés, la famille est moins regardante. Même aux États-Unis, la pléthore de personnes âgées est une source inépuisable de boulot pour les étrangères.

Felix vient de fêter ses quatre-vingt-cinq ans et devient de plus en plus ronchon et maniaque. Je trouve ça injuste. Il n'arrête pas de râler, accepte difficilement que je m'occupe de lui. Pourtant, je sais que malgré ses remarques, Felix s'est attaché à moi. Les personnes âgées, les enfants et les animaux, il suffit de leur donner à manger pour qu'ils vous aiment. Quant à la fille, elle me suit aveuglément. L'experte, c'est moi. Infirmière diplômée en gériatrie. Tu parles ! Ne pas dire la vérité pour survivre. Je considère que je suis réglo, la manière de s'habiller et l'expérience sont plus utiles qu'un bout de papier. Je n'ai jamais fréquenté une école en paramédical, mais en mettant les mains à la pâte j'ai appris plus que dans les livres.

J'ouvre la fenêtre et je respire un grand bol d'air frais avant d'attaquer mon travail. J'ai beau passer mon chiffon partout, les vieux meubles génèrent sans cesse de la poussière et le sol est invariablement collant.

– Que vont dire les gens si je reçois une visite et qu'il n'y a plus aucun tapis ?

Je lui réponds :

– Ils diront : Heureusement que vous avez Hilaria, votre fidèle garde-malade, pour veiller sur vous !

J'ai mal aux bras. J'ai hâte de rentrer, de me mettre dans un bain chaud, de fermer les yeux et de me souvenir du jour où Lily est née.

Avant l'Appel, j'avais déjà voulu devenir mère. L'idée germait depuis longtemps. En tout cas, elle était bien là peu après que ma mère est morte, lorsque j'ai fait une fausse couche. J'avais quinze ans. Je me trouvais dans un bar et je buvais et discutais de tout et de rien avec un homme rencontré à la sortie de l'école. Je l'avais repéré, alors qu'il traînait de l'autre côté de la rue. Lui, il s'affichait quotidiennement à la même heure, appuyé contre un poteau. Il me dévorait des yeux. À l'époque, j'avais quelques kilos de moins parce que je me faisais vomir pour garder la forme. J'aimais les hommes, plus âgés de préférence. Les hommes mûrs ont de la tune, savent vous parler et vous prendre. Les garçons de mon âge m'ennuyaient et n'avaient pas de voiture. Au bar ce jour-là, le type venait de se lever pour payer. Tout d'abord il y a eu une crampe, un coup de poignard dans le bas du dos. Puis la douleur est venue. Je ne comprenais pas ce qui m'arrivait. J'ai cherché mon souffle et j'ai couru aux toilettes, un cagibi malodorant où je tenais à peine debout entre les w.c. et le lavabo. Il y a eu une nouvelle crampe. Plus forte celle-là, insupportable, accompagnée d'un filet chaud qui coulait entre mes jambes. À l'époque, j'ignorais tout de la contraception et de la procréation, mon père étant incapable de me parler de ces choses-là. Il dit que ça le gênait. C'est de sa faute si je ne savais pas que j'attendais un enfant ! Le sexe, ça oui, je m'y connaissais, parce que c'est instinctif. Ça m'amusait. Ces choses-là étaient une arme infaillible avec laquelle j'obtenais tout : des lifts en voiture, des cadeaux et de l'argent.

Le sexe donne le pouvoir.

En sortant des toilettes, le type, probablement le père de cette « chose », avait disparu. Je me suis traînée à pied jusqu'au dispensaire. Chaque pas était la piqûre d'une aiguille à tricoter dans le ventre.

Le médecin qui m'a examinée a déclaré : *Il va être difficile pour toi d'avoir un enfant. Tu peux te rhabiller.* Mais qui était cet apprenti sorcier pour venir me dire ce que serait ma vie ? Qui, pour décider ainsi de mon avenir, qui pour mettre un point final à mon histoire avec un enfant ? Jamais son souffle chaud sur ma joue, jamais ma signature sur un beau bulletin d'école, jamais une armoire de pharmacie avec des pansements roses et des sirops au miel ? Il n'en était pas question. Ni lui, ni personne ne déciderait pour moi. *Je serai mère un jour, quoi qu'il arrive.* Une infirmière proprette m'a remis du linge tout neuf entre les *mains. Vous allez loin, Mademoiselle ? Est-ce que je peux vous raccompagner ? Non, j'habite à côté. Je vais me débrouiller.*

Pour être libre, il faut être fort.

Je rêve souvent d'accouchements. Parfois, l'enfant est difforme, la tête minuscule par rapport au corps. D'autres fois, le bébé est en papier, s'envole par une fenêtre ouverte. Ces cauchemars ne m'ont jamais quittée. Ils sont insidieux. Aujourd'hui, lorsque mon père m'entend crier, il vient à mon chevet, comme quand j'étais enfant. Le lendemain, il me fait la leçon : *Pour éviter les cauchemars, il ne faut pas dîner le soir, Hilaria.* Aussi simple que ça : les Indiens d'Amérique utilisent les attrape-rêves, des cerceaux tenant des filets pour empêcher les mauvais rêves d'entrer dans la chambre, mon père les affame.

Heureusement, j'ai ma Lily. Je suis mère, mais une mère qui doit travailler, et aujourd'hui Felix a juré d'en finir avec ma patience. Je m'étire. J'essaie de fumer moins, et ma cigarette se consume dans un couvercle de confiture, mais c'est plus fort que moi, j'en tire encore une bonne bouffée.

– Votre fumée m'indispose, Hilaria, vous ne pourriez pas… ?

– Non.

– Je le dirai à ma fille !

Je n'aime pas les critiques ni les sermons. Je m'amuse à lancer de petits ronds qui se déchirent en montant vers le plafond.

– Je lui ai déjà dit. Elle fume, elle aussi, alors !

– Vous êtes impossible !

– C'est vous qui nous compliquez la vie, Felix ! Vous n'arrêtez pas de vous plaindre, alors que je vous suis toute dévouée. Je serai là demain vers onze heures. Je vous ai laissé vos médicaments et un rôti. Il suffit de le réchauffer quand vous aurez faim.

J'ai déjà économisé pas mal d'argent. Lorsque mon père sera mort, je retournerai à Isla Mujeres avec Lily. Le lieu de sa deuxième naissance. Cette fois-ci, nous serons seules toutes les deux. Libres. Je garde dans ma table de nuit un prospectus pris dans une agence de voyages. Ailleurs, éloignée des mauvaises fréquentations, de son quotidien à León, Lily redeviendra gentille, une fille douce et obéissante, pas l'adolescente rebelle qu'elle est devenue. Toujours à vouloir sortir avec les copains, à perdre des journées entières au sport et aux concerts de dépravés.

– En attendant, n'oubliez pas d'aérer, et soyez sage, Felix.

– Bien sûr, dit l'homme en lui faisant un clin d'œil. Mais si je croise encore ma voisine du huit, je ne vous promets rien ! Et, encore une chose, Hilaria…

– Oui ?

– Arrêtez de fumer. Cela va finir par vous tuer !

Me tuer ? Il veut rire. Je suis invincible.

* *
*

Joyce forme le numéro de Peter, mais elle doit raccrocher. Un bruit. Il y a quelqu'un dans le couloir du hall d'entrée. Probablement la femme de ménage qui a fini sa journée.

– Juanita ? C'est vous ?

Joyce attrape son sac et prend son portefeuille. Il est lourd, rempli de cartes de fidélité et de billets.

– Je suis désolé de te décevoir, Joyce. Ce n'est pas ton esclave du jour, mais ton ex-mari. T'en fais une tête ! Ne me dis pas que tu as oublié mon visage ?

Comment ose-t-il entrer sans sonner ? Elle a oublié de changer la serrure. Grossière erreur. Il est là, au beau milieu de la pièce. Son visage s'est épaissi et il a quelques rides de plus, mais il est toujours le bel homme dont elle est tombée amoureuse un jour.

– Tu m'as fait peur ! Tu pourrais…

– Et toi ! Tu aurais pu me prévenir : *Tiens, Richard, j'ai trouvé notre fille !*

Avec quoi il venait après ces années d'absence ? Il aurait fallu qu'elle coure pour lui demander de l'aide ? Il les avait abandonnées. Elle n'avait aucun compte à lui rendre. Elle serre le portefeuille resté entre ses mains. Elle peut sentir la surface rugueuse du cuir.

– Je suis le père de Lily ! Bon sang, Joyce, je suis la risée de ma compagnie. Il faut que je l'apprenne par un tiers pour que…

On y était. Son petit prestige, ses intérêts. Voilà pourquoi il était vexé ! Aucun intérêt sincère pour sa famille détruite. Il la dégoûte.

– J'allais t'en informer en temps utile.

– En temps utile ? Je ne suis pas un de tes clients que tu déplumes en gonflant la valeur d'une maison. Tu aurais dû me téléphoner tout de suite.

Son mari n'a pas changé. Ce petit ton péremptoire l'énerve toujours, mais il a raison. Elle avait d'abord appelé l'inspecteur Donaldson, puis Peter. Significatif.

Il fait les cent, avec sa coupe de cheveux plus moderne, une mèche sur les yeux. Et ce pull-over orange ! Une couleur qui ne lui ressemble pas. Encore une nouvelle conquête. Elle a bon goût, cette femme.

– Est-ce qu'elle est déjà enceinte ?

– Comment tu sais ?

Les battements de son cœur s'accélèrent.

– La remplaçante du jour attend déjà un enfant ? Laisse-moi deviner : elle n'a que vingt ans et elle a oublié de prendre sa pilule un jour de fête ? Trop de champagne. Dis-moi que ce n'est pas vrai, que tu n'as pas déjà oublié Lily ? Pas aujourd'hui que j'ai réussi à la trouver !

– Elle n'est pas enceinte, mais c'est vrai qu'on envisage…

Joyce lève le bras, prête à lui lancer son portefeuille au visage, mais se retient.

– Va-t'en.

– Pas avant qu'on ne se soit mis d'accord. J'ai des droits.

– Des droits ? Laisse-moi rire.

– Pourquoi ? Parce que je refais ma vie ? Toi par contre, tu t'isoles. Toujours collée à ta tablette, même quand tu sors en rue. Les voisins m'ont dit… L'autre jour, tu as failli te faire écraser en traversant la rue !

– Cela ne te regarde pas. Va, cours faire d'autres enfants.

Joyce se dirige vers la porte, l'ouvre en grand.

– Tu veux un avocat ? C'est ça que tu veux ? Bien !

Dans le couloir de l'immeuble apparaît le gardien de l'immeuble. Un homme âgé et posé, son uniforme aux boutons dorés, impeccable.

– Tout va bien, messieurs-dames ? Monsieur McMillan… vous êtes là ?

– Oui. Tout va bien, John. Je m'en allais.

– N'hésitez pas à m'appeler en cas de besoin ! Je suis dans ma loge.

Le gardien s'en va après une légère hésitation.

– Cela ne te ressemble pas de crier ainsi, mais passons. Je voulais juste te dire de me tenir informé. Ce n'est pas la première fois que tu crois avoir trouvé Lily, et j'en ai assez. Il y a eu une serveuse de bar, puis une prostituée clandestine dans le quartier chaud de Raleigh. Je suppose que cette fois-ci tu vas faire le nécessaire pour que nous ayons une certitude avant de faire un nouveau scandale ? Je vais charger mon avocat de suivre cette affaire. Je pense que c'est mieux, vu ton état. Je regrette que cela se passe ainsi.

Joyce tremble lorsqu'elle forme le numéro de Peter.

* *
*

– C'est idiot !

– Quoi donc ?

Peter serre un mouchoir en papier, le triture, regarde les yeux grands ouverts de sa fille Ivy. Elle s'avance dans sa chambre d'enfant. Le lit est encore fait, la courtepointe tricotée par sa mère, rose bonbon. Elle prend Mathilde, sa poupée aux cheveux blond plastique, parfaitement tressés.

– Pourquoi, Papa ?

– Pourquoi quoi ?

– La chambre. Tu l'as gardée intacte. Cela fait longtemps que je suis partie.

La boule blanche est tombée par terre. Sur la moquette, tout aussi rose que le couvre-lit. Elle va la ramasser, se ravise. Un peu de dégoût.

– Cela ne te fait pas plaisir ?

Il lui tend la main. Ivy s'assoit à côté de lui, sur le lit. Elle va lui répondre, mais une fois de plus, un coup de frein. Ce sont ses yeux. Gris. Et dans ses yeux, elle voit les vagues de la mer de leurs vacances sur le Centaure trois places, avec lequel ils naviguaient autrefois. Il disait : *Prends la barre, Ivy ! Accroche-toi, tu en es capable* ! Alors, elle ne dit pas : *J'ai trente ans. Je suis une adulte, j'ai une vie, loin de toi.* À la place, elle murmure :

– Si, mais tu pourrais profiter de cet espace, y faire un bureau. Tu as besoin de place. Ton appartement n'est pas immense.

Il sourit. Et les deux lignes qui encadrent sa bouche entraînent d'autres rides. Des failles sur le rocher qu'il a été un jour.

Son père est légèrement voûté. Le rocher s'effrite. Comme si elle pouvait contenir ce déboulement, elle passe sa main dans son dos.

– C'est gentil, Dad.

Il prend Mathilde entre ses mains. Et Ivy ne sait pas pourquoi, ce geste l'incommode.

– Qui a coiffé ma poupée ? Ce n'est pas toi tout de même, papa ?

– Margarita, ma nouvelle femme de ménage. Il faut qu'elle ait tout le temps les mains occupées. Elle est Équatorienne.

– Viens. Le thé va refroidir. Je t'ai dit que j'ai trouvé une nouvelle boutique de thé sur Manchester Avenue ?

Dans le salon, des livres et des journaux s'entassent à même le sol.

– The Big Sleep ! Tu es toujours accro aux aventures de ton détective privé ?

– Marlowe ? Absolument ! J'ai presque complété ma collection. Regarde ! The Little Sister, Farewell my lovely…

– Si tu libères ma chambre, tu pourras en faire une bibliothèque.

– Et si tu revenais ? Tu pourrais avoir besoin d'un pied-à-terre…et puis zut ! J'ai le droit de laisser mes affaires où bon me semble. Tu ne viens que sporadiquement et tu te permets de me critiquer ?

– Tu veux que je m'en aille ? Dis-le !

– Mais non, tu sais bien.

Quand elle était enfant, Peter disait qu'elle était un moulin à paroles. Aujourd'hui adulte, dans l'appartement de célibataire de son père, elle sent que les paroles se précipitent, mais s'arrêtent et meurent étouffées.

Il a pris sa tasse et le tintement des petits chocs entre celle-ci et la soucoupe la ramène à ce léger tremblement des mains de son père. Peter, l'assistant social de SOS Enfants en danger. Elle tremble elle-même, renverse un peu de thé sur sa main, se brûle. Elle cherche encore les mots justes sur cette autoroute où les mots roulent à deux cents kilomètre-heure. Comment dire : « Je pars à l'étranger. Je suis désolée. Ici, c'est trop petit. J'ai besoin de paysages immenses. Je m'en vais naviguer. Peut-être que quelqu'un d'autre viendra sur mon bateau, mais je tiendrai la barre. Je suis capable, tu me l'as dit un jour. Tu t'en souviens ?

– Ta femme de ménage vient tous les jours ? demande-t-elle en passant son doigt sur l'étagère. Geste ridicule, inutile et insultant pour la seule et unique femme qui prend soin de son père.

– Oui. Elle m'apprend l'espagnol… Me llamo Peter !

– Dad…

– Oui ?

– Rien. Si. J'ai une course à faire dans ton quartier demain. À cette heure-ci, les boutiques sont déjà fermées.

– Tu peux rester dormir. Ton lit est déjà fait !

Ivy sent une larme couler sur sa joue. Elle l'essuie, discrètement.

Demain, oui, demain, elle saura trouver les mots. Ou peut-être un autre jour. Il le faudra. Elle dépose un baiser sur la joue de son père.

– Je t'aime, Dad.

– Et moi donc ! Tiens ! Le téléphone sonne. Je vais répondre pendant que tu t'installes.

Hilaria

C'est à partir de minuit que les fêtes dégénèrent.

Je me souviens de la voix de l'oncle Carlos, rauque, probablement à cause de ses excès de cigarette et d'alcool. C'était il y a longtemps. Un jour de fête. Un verre de tequila dans une main, une cigarette dans l'autre *Regarde-moi ça !* m'a-t-il dit, en regardant fixement un couple de danseurs dont les corps se tenaient serrés.

La masse sur la piste palpitait, transpirait, se formait et se déformait au rythme de la musique. L'orchestre achevait une ballade et on l'a applaudie. Au centre de la piste, ma mère n'a pas applaudi. Elle a continué sa danse aux bras d'Hector Zamparo, le nouveau voisin du 14. Une des bretelles de sa robe avait glissé. J'ai trouvé cela obscène. Les cheveux de ma mère cachaient son visage et je n'aurais pu dire si Zamparo avait les yeux fermés aussi. Moi, je cherchais mon père.

Le patio, en forme de losange, était investi de toutes parts. De jeunes enfants avaient eu la permission de veiller tard, car c'était la fête annuelle des voisins. Il y en avait qui jouaient aux voiturettes par terre et encombraient le passage. Sur les tables, les plateaux bien garnis de nourriture fraîche le matin n'offraient plus que des restes défraîchis. Des miettes, des bouts de charcuterie restés longtemps exposés à l'air, des fruits blets.

Tu sais où est papa ? Mon oncle a tiré une bouffée de sa cigarette. Elle s'est allumée au bout. Un feu rouge. *Lucho ? Pas ici, en tout cas. Tant mieux. Tu as vu ce salopard de Zamparo ?* il a dit tout bas. Hector Zamparo a ri de quelque chose que ma mère lui a glissé à l'oreille. Elle n'avait plus d'yeux ni pour mon père ni pour moi, sa fille unique. Ses seins débordaient de son décolleté trop serré. Où était passé la dame sage, la guide, la citoyenne exemplaire ? Il ne restait qu'une femelle en chaleur.

La musique a recommencé. Pas de salsa ni de tango. Encore une ballade sentimentale complice du Mal. J'ai avancé parmi les invités. Il y en avait de tous âges. Des vieux avaient posé leurs chaises pliantes dans un coin, près d'un brasero, gros matous ronronnant. Des camarades de classe étaient là aussi. Debout, ils buvaient une bière après l'autre.

Si on allait finir la fête ailleurs, Hilaria ? J'ai promis à mes copains de les rejoindre plus tard. Est-ce que quelqu'un aurait vu mon père ? *On l'a vu tout à l'heure, aux toilettes, ou c'était au bar ? Il n'est pas sur la piste de danse ?*

J'ai fini par le trouver derrière le buffet, tout seul. Deux hommes saouls m'ont barré le passage, alors que je m'avançais vers lui. *Tu ne danses pas, ma belle* ? Quelqu'un d'autre a dit : *C'est après minuit que tout se gâte ! Il n'y a plus rien à manger !*

Un ivrogne a laissé tomber sa bouteille de bière par terre. Elle s'est cassée en mille morceaux et j'ai eu froid dans le dos. Ces petits morceaux de verre brillant et coupant annonçaient quelque chose de terrible. Le liquide m'avait éclaboussée. Le soûlard s'en est excusé et a sorti un mouchoir pour m'éponger. Quand j'ai levé le regard à nouveau, mon père avait disparu. Dans notre appartement, une lumière s'était allumée : la chambre des parents. J'ai vu son ombre à travers le rideau. Sur la piste, ma mère, indifférente à tout, continuait à danser, son corps serré contre Zamparo. Je ne sais pas à qui j'en voulais le plus : à cette traînée ou au traître ? Peut-être même à mon père, qui baissait les bras et n'affrontait pas la bataille. Un faible ! Pourquoi se laissait-il faire ?

Ma mère a ramassé ses cheveux en chignon et m'a toisée. Ou alors, est-ce qu'elle regardait quelqu'un – mon père ? – ou quelque chose derrière moi ?

Ne touchez pas à cette viande ! Elle est avariée ! a dit un homme. J'ai alors cherché oncle Carlos. Il n'était qu'à quelques centimètres de ma mère et de Zamparo. Une bouteille de bière cassée à la main.

C'est toujours au petit matin que les fêtes dégénèrent. De toute façon, moi, les fêtes, je ne les aime pas. Depuis cette nuit-là, j'ai toujours en tête cet air de salsa, écœurant sur lequel ma mère et Zamparo dansaient lorsque mon oncle Carlos nous a fait justice. Il a cherché à planter un bout de bouteille cassée dans les reins du salaud. Mais c'est ma mère s'était interposée et qui a reçu le coup. L'ambulance est arrivée trop tard, ma mère gisait par terre, baignant dans une mare de sang. Il ne respirait plus. Zamparo criait et pleurait comme une femme et le voisin du dix-huit l'a giflé pour le calmer.

Il m'arrive de regretter ces années où la famille était au complet et que la bande de copains de la cité m'entourait. Parfois, en rentrant du travail, je lève la tête et cherche des fenêtres encore éclairées. À l'intérieur des appartements, je devine un tableau sur un mur, la lumière bleue de la télévision, des silhouettes, et je vis leur vie l'espace de quelques minutes. Je suis la femme de cet homme qui se penche et m'embrasse. Je mange à la table d'une famille, je suis assise devant la télévision d'une autre. Lorsque j'emmène Ixchel au fast-food le dimanche, je m'empare des yeux d'un homme qui regarde sa compagne avec amour et j'imagine que ce regard est pour moi. Pourtant, la minute d'après, je me dis que je n'ai pas besoin d'un homme.

Est-ce que j'aurais pu éviter la mort ma mère ? Peut-être. Pourtant, elle avait bien mérité de mourir. Elle a trahi mon père.

Il faut être lucide : dans la vie, il y a toujours une justice.

* *
*

Peter apparaît sur l'écran du parlophone, son chapeau sur la tête, un imperméable difforme et une cigarette éteinte aux lèvres. Joyce a toujours connu Peter ainsi. Débraillé, tellement différent des hommes qu'elle a l'habitude de fréquenter, clients fortunés, agents immobiliers, banquiers. Ces hommes bien habillés, à l'aise dans les cocktails, ont disparu pendant ces années de galère. Les hommes à succès fuient le malheur comme la peste. Que rien ne vienne écorner tout ce qu'ils ont construit ! Seul Peter reste.

Joyce ouvre la porte à l'assistant social avant qu'il ne sonne à nouveau. Sa main reste en suspens.

Aujourd'hui, pour la première fois – est-ce un effet de lumière ? – elle remarque la douceur de ses yeux gris. La pointe des crayons des dessins de Lily, lorsqu'elles patientaient à la salle d'attente du pédiatre, pour les vaccinations.

– Je suis venu dès que j'ai pu.

– Entre. Ne fais pas attention au désordre.

Pourquoi est-ce qu'elle dit ça ? Elle imagine l'appartement, en fouillis, avec des livres partout, du linge qui s'accumule sur les meubles, l'ordinateur entre les draps. Est-il veuf ? Divorcé ? Elle ne le lui a jamais demandé. Ce qui est sûr, c'est qu'il n'y a pas de femme dans sa vie. Pas un homme dont la veste a perdu un bouton.

Peter reste debout, alors que Joyce l'a invité à s'asseoir. D'un geste maladroit, elle serre les battants de son chandail, un peu gênée tout de même de le recevoir en tenue décontractée. Quand sa mère Caroline avait toute sa tête, elle insistait pour que toute la maisonnée soit bien soignée de sa personne, si un visiteur arrivait à l'improviste. Ils n'avaient même pas le droit de se mettre en pantoufles.

– J'aurais dû te prévenir que je passais. Après avoir raccroché, j'ai essayé de contacter l'inspecteur Donaldson, mais il est déjà au Mexique. Je tenais à te voir en personne. J'ai aussi visité la page Facebook d'Ana Victoria Tundra.

– J'étais prête à partir au Mexique moi aussi, mais l'inspecteur Donaldson a trouvé que c'était une mauvaise idée.

– Il a raison. Les autorités mexicaines sont méfiantes vis-à-vis de l'étranger. Il y a la police. Ils sauront comment s'y prendre, mais je préfère y aller en observateur.

Peter s'avère être pareil à tous les autres. Il ignore ce que c'est d'être obligée de rester ici, alors que quelque part sa fille l'attend.

Tous n'ont que ça à la bouche : attendre. Pour ce qui est de l'attente, elle a déjà donné.

– J'ai un vol pour Mexico demain matin. Mon ordre de mission a été signé. Je te tiendrai au courant de mes démarches et de ce que j'apprendrai au jour le jour.

– Je ne bougerai pas d'ici. Je serai connectée en permanence !

Faire bonne figure, ne pas faire de scandale, cacher ses sentiments. Voilà ce que sa mère lui a appris.

– Le visage d'Ana Victoria Tundra a un air de famille avec le portrait de ta Lily, enfant. Tes heures passées à sa recherche n'ont pas été perdues. Je te félicite. Qu'est-ce que tu fais ?

– Je consulte Instagram.

– Insta...?

– Une application mobile. Il y a des photos. Je trouverais peut-être plus de pistes… Il y a aussi Flickr, pour le partage d'images. Je le fais pour Lily. J'ai mis des alertes. Ça a sonné, mais ce n'est pas elle.

Elle se lève, va à la fenêtre en gardant son portable à la main. Le soleil tache de jaune l'hôtel d'en face. Un coup de pinceau. L'automne est arrivé, et dans ce quartier huppé, les arbres sont nombreux. Le vent se lève et une pluie de feuilles orange parsème la vue de sa fenêtre. Une année de plus sans Lily, mais ce sera le dernier automne sans elle.

– Ne t'occupe plus de ça, Joyce. Moi et la police, nous sommes là pour prendre la relève.

– Je suis sa mère. Tu ne peux pas comprendre.

– Si, t'inquiète. Je comprends.

– Tu pars quand, Peter ?

– Demain. Je devais te voir avant. Il faut signer ces papiers.

Peter dépose des feuilles devant elle et sort un Bic. Joyce prend son stylo Mont-Blanc et enlève le capuchon. Tandis qu'elle lit les documents, Peter prend un coquillage sur l'étagère. Il a la taille d'une main, il est rond et allongé, il le porte à son oreille et ferme les yeux.

– Je l'ai ramassé avec Lily.

– Ma mère disait qu'on peut entendre la mer dans les coquillages.

Un peu de sable s'échappe de la coque et tombe par terre lorsqu'il l'approche de son oreille.

– Je suis désolé.

– Ce n'est rien. La femme de ménage passe tout à l'heure.

Une larme roule sur sa joue. Il s'approche d'elle et la prend dans ses bras pour la première fois. Joyce ne montre pas de résistance, alors il ose la serrer plus fort contre lui. Il est surpris par sa minceur, ses côtes saillantes. Il pense à Nancy. Elle se plaignait toujours de son poids, entamait des régimes sans succès, mais lui, il aimait bien son corps enveloppé.

– Ça ira, il lui dit. Ça ira.

Elle sanglote. Son métier l'a préparé aux larmes, mais il n'a jamais su les tarir. Il caresse maladroitement ses cheveux, mais Joyce se raidit.

– Il est tard, Peter.

Quelle maladresse. Pourquoi a-t-il fait ça ? Dans les romans de Chandler, toutes les belles femmes tombent dans les bras du détective. Lui, il n'est pas beau. Ne sait pas s'habiller élégamment et ne supporte pas de boire ne serait-ce qu'une gorgée de whisky, comme son héros. Pourquoi Joyce se sentirait-elle attirée par lui ? Il n'a même pas été capable, en douze ans, de l'aider à retrouver sa fille. Joyce avait même donné une grosse somme d'argent à son association. Elle devait s'en repentir aujourd'hui.

– Je viendrai directement de l'aéroport à mon retour. Sache que tu auras tout mon soutien, Joyce. Quelle que soit l'issue.

– Je n'en doute pas.

– Nous ne pourrons crier victoire qu'après avoir eu les résultats des tests ADN. En attendant, essaye de te reposer et de rester sereine.

Sérénité, quel grand mot. Elle ne sait plus ce qu'être en paix veut dire. À présent, elle aimerait bien dormir, oublier tout, et ne se réveiller qu'auprès de sa Lily. Non, elle ne sera pas sereine. Le compte à rebours a commencé.

* *
*

Il a l'habitude des voyages, mais monsieur O'Higgins ne l'a laissé partir qu'à condition d'être prudent. Il a fallu à Peter souscrire une assurance rapatriement, faire des vaccins contre l'hépatite A et B, l'encéphalite, la typhoïde, la dengue et même la rage, à cause des chiens errants. Il lui a aussi prodigué des conseils. *Ne va pas voir les putes, ne mange pas dans la rue, un chauffeur de taxi peut cacher un criminel. Ne happe jamais un taxi au vol, va dans les stations de taxis officielles, en face des gares. L'association n'a pas assez d'argent pour payer une rançon. Ou je te sauve, ou je ferme boutique, et mon choix est tout fait. Je n'hésiterai pas un instant.* À payer son kidnappeur ou à sauver SOS Enfants en danger ? Peter se l'est demandé l'espace d'un instant. Pas longtemps, et s'est promis de privilégier les transports en commun. C'était sans compter sur Teresa, son contact à Mexico. *Ici, on est au Mexique. Accroche-toi, on va prendre un taxi. Prépare-toi à monter sur la montagne russe !*

Peter la suit à travers la cohue des voyageurs, valises, sacs, et bagagistes chargés. Un courant humain qui déferle de l'aéroport vers le site des taxis, puis revient à contre-courant. Un flux dense et tapageur.

Il n'aime pas les voyages, préfère la sécurité de son appartement à Morrisville. Lorsqu'Ivy passe le voir, elle ne manque pas de lui demander où il va passer ses prochaines vacances. Comment lui dire que les voyages lui sont imposés et que le repos, il ne le trouve qu'assis dans un bon fauteuil ?

Teresa, à l'aise dans sa large robe souple, jongle bien dans le courant créé par la foule, passe devant les voyageurs qui font la queue, se penche, son décolleté à hauteur des yeux du chauffeur. Elle lui parle un instant, puis ouvre la portière. Les personnes en attente protestent mollement, pour la forme. Teresa s'installe sur le siège arrière. Les failles du cuir laissent échapper une mousse jaunâtre. À l'avant, une vierge immobile prie les mains jointes, accrochée au rétroviseur.

Le chauffeur ne les regarde pas. D'un geste soigneux, il remet le taximètre à zéro, ou plutôt, sur un chiffre. Peter fait un geste de protestation, mais Teresa l'arrête, l'index sur les lèvres : *C'est comme ça ici, laisse. Ces pauvres gens, il faut bien qu'ils vivent ! De toute façon, ce sont des sommes ridicules !* O'Higgins lui avait tendu la carte de la directrice de SOS Niños en peligro, l'association sœur de la leur, en lui disant que Teresa était une collaboratrice efficace, pleine de contacts. Peter confirme : elle semble connaître tout le monde et a très rapidement obtenu un rendez-vous avec le juge en charge de l'affaire Lily McMillan. Ils doivent le voir dans une demi-heure.

Le chauffeur démarre. À côté de la vierge, deux yeux noirs aux sourcils touffus le regardent dans le rétroviseur. *Camino corto ó camino tranquilo ?* L'assistante sociale rit aux éclats, répond : *El más barato ! Le chemin le moins cher !*

Installé à côté d'elle, Peter cherche sa ceinture de sécurité : elle est coupée et il se dit que c'est mal parti. Le souffle du vent est chaud et quasi immobile à travers les vitres ouvertes. Teresa met sa main sur la sienne, lui donne une légère tape qui pourrait signifier : *Ça ira, ne t'en fais pas* ou *Au revoir ?*

Le chauffeur sort le bras pour dire au revoir à un collègue dans la file des taxis. Son passager paye sa course : il est vivant, Peter se rassure. Si je m'en sors, je jure sur la tête de ma fille que je ferai bien mon boulot, même si j'en ai ras le bol !

Une chanson d'amour s'échappe de la radio qui a perdu un bouton. La vierge fait le métronome au rythme de la musique. Peter plaint le chauffeur qui doit se contenter d'écouter la même fréquence à longueur de journée et se cale dans son siège. Le tribunal n'est qu'à vingt minutes. Ils iront voir le juge et rencontreront la jeune Lily, identifiée très rapidement par Interpol. Lui et sa collègue Teresa discuteront avec elle, s'entretiendront avec les agents de police mexicaine chargés de l'enquête. Ce sera bientôt une mission accomplie.

– Les parents, ces personnes qui retenaient la jeune fille, qu'est-ce qu'ils vont devenir ?

– Je n'en sais pas plus que toi. La fille a été retrouvée, mais la police n'a pas encore reçu l'ordre d'arrestation.

– Arrestation, carrément ?

– Nous nous trouvons face à un crime.

Un clown habillé en pauvre tente de frapper à leur vitre, mais le chauffeur démarre, et le bon acrobate retire son pied à temps. On longe l'église massive, sa croix en néon. Les immeubles, tapissés d'enseignes publicitaires, défilent lentement.

Dans la rue commerçante, la peinture d'un mannequin en bikini occupe tout l'espace d'un immeuble d'appartements. D'un sein sort la tête d'un vieillard qui fume.

– Les jambes ne sont pas en proportion, dit Teresa, et elle rit encore. Un rire qu'il aime.

Elle semble si heureuse. Lui par contre, il ne rit pas souvent. Depuis le départ de sa fille Ivy, la vie est un long tunnel dont l'éclairage est tombé en panne. Avant, sa vie avait un sens : faire le bonheur de sa famille, éduquer Ivy. Aujourd'hui, il est inutile, avance dans le brouillard, sans un but précis, sans un projet.

Le chauffeur grille un feu rouge. Les maisons se rapprochent, les cahutes des vendeurs ambulants deviennent de plus en plus serrées. La vierge se déhanche, la cadence s'emballe. La voiture se faufile entre les pick-up remplis de cages de volatiles, coccinelles, camions citerne, autobus ; un cheval monté par un militaire en tenue de gala les dépasse. Le taxi longe un cinéma abandonné, un édifice administratif, reconnaissable au drapeau tricolore, puis des maisons aux toits plats, des cubes qui défilent de plus en plus vite. Peter a longtemps habité à New York, à Soho. Il croyait être habitué aux grandes villes, mais Mexico est mille fois plus monstrueuse, avec ses maisons modestes coincées entre les nombreuses églises – aux Etats-Unis, les pharmacies les remplaçaient - et d'énormes buildings, le bruit et la nappe de pollution. Une odeur d'essence lui irrite la gorge et le fait pleurer.

Un cochon sorti de Dieu sait où leur barre le passage. Le chauffeur freine, puis accélère, freine à nouveau et, quand l'obstacle disparaît en couinant, remet à nouveau les gaz.

Un bruit sourd sur sa gauche.

– Qu'est-ce que...

– Il a failli renverser un cycliste, t'inquiète. Ne fais pas cette tête ! J'ai bien dit failli... Tu as l'air tendu.

On dirait que les femmes n'ont que ce mot à la bouche. Il en a marre des mêmes remarques, même si la voix de Teresa se veut amicale. Un peu comme celle de sa fille, partie de la maison pour faire sa vie. Une vie où Peter ne semble pas avoir de place, prise par les copains, les projets professionnels et les loisirs. Teresa doit avoir son âge. La trentaine. Elle lui ressemble d'ailleurs, avec ses chaussures basses, sa robe très féminine et son maquillage léger. *Ta fille ne se manifeste pas ? Bon signe !* lui avait dit un jour monsieur O'Higgins. *Cela veut dire qu'elle va bien ! C'est pour ça qu'on éduque les enfants, pour qu'ils soient indépendants et nous foutent la paix ! Tu préférerais qu'elle te harcèle pour avoir du fric ?* Son patron et son franc-parler. S'il savait ! Le salaire d'Ivy s'élève déjà au triple du sien !

Le conducteur du taxi non plus ne dit mot, il appuie sur l'accélérateur. Il manque de renverser un vendeur de ballons. Une partie de sa marchandise s'envole, ça grommelle, ça crie et à en juger par le ton, on profère des insultes. Peter serre la mâchoire. Le détective Marlowe, lui, n'aurait pas peur. Il devine un gros mot qu'il n'a pas appris à l'école de langues. La vierge lui tourne le dos, continue sa danse devenue chaotique. De la chanson d'amour ne reste qu'un vague souvenir et les cuivres de l'hymne national tonnent. La voiture monte sur un trottoir, un piéton en costard les injurie. Le ton est donné.

– C'est un raccourci, dit sa collègue, en mordillant un ongle écaillé.

Les cheveux de la jeune femme fouettent son visage. Un parfum léger flotte dans l'habitacle. Le vent devient frais et l'emporte. Le taxi traverse une avenue où des manifestants crient et portent des pancartes. Ils sont tous jeunes. Où est Ivy aujourd'hui ? À une manifestation pour soutenir on ne sait quelle cause ? En train de pleurer dans sa chambre un amour impossible ? Car sa vie amoureuse ressemble à celle de son père. Bien qu'elle ait beaucoup d'amis, elle n'a pas l'air de vouloir s'engager sérieusement avec quelqu'un. Elle lui manque. S'il s'en sort vivant, il mettra son orgueil de côté, lui téléphonera en rentrant à la maison.

Ils dépassent l'hôpital, voilà que le taxi profite de la voie libérée par l'ambulance, la suit à vive allure, grille à nouveau un feu rouge, accélère encore plus pour passer un autre à l'orange, ignore celui qui est en panne. Il fonce au vert ; ça ballotte, ça zigzague, ça ronronne. Par où est donc parti le cheval militaire ? Les maisons deviennent code-barres, tous s'écartent, minibus et camionnettes, chariots et piétons, Teresa embrasse la médaille qui pend à son cou et Peter n'aime pas ça. On longe des terrains vagues envahis d'herbes hautes et de ferrailles, de carcasses de voitures, de piles de pneus, de gravats, d'amas de bouteilles en plastique et carton, de chiens errants qui ont la rage à coup sûr. Des déchets indéfinissables forment des monticules et Peter pense au cimetière où sont enterrés ses parents. Il n'a pas fleuri leurs tombes cette année. Si je m'en sors, j'irai au cimetière, si je m'en sors... mais qu'est-ce qu'il raconte ?

Il pense aussi à Joyce, à son regard éteint. Elle reprendra vie à la vue de Lily. L'esprit libre, elle verra en lui un homme, pas uniquement le professionnel qui peut l'aider à récupérer son enfant. Peter a du mal à se l'avouer : elle l'attire, mais une femme pareille, belle, bourrée d'argent, ne va jamais le regarder autrement que comme quelqu'un à son service. La preuve ! L'autre jour, elle l'a repoussé.

Leur taxi fait un écart. Un trou profond au milieu de la rue. On risque de s'écraser contre un mur où, à côté du drapeau, Peter lit « Tribunal de la jeunesse ».

D'une seule main, le chauffeur fait un créneau à faire pâlir son beau-frère, professeur de mots croisés et chevronné en conduite automobile depuis l'âge de seize ans.

– 45 pesos...

– C'est moi qui invite, Peter. Enfin, *l'assoc.* Je présenterai la note. Allez, le juge nous attend !

La vierge a récupéré son immobilité, son sourire et sa religiosité.

* *
*

Sa mère danse sur une table en formica tel un pantin désarticulé. Debout sur la pelouse du parc à l'entrée de l'établissement, Joyce observe Caroline McMillan derrière les barreaux blancs du bâtiment qui abrite Seniors Paradise. Si la tête ne suit pas, le corps de sa mère est encore svelte et agile. Combien de fois ne l'a-t-elle pas vue partir à son club de sport, le sac en bandoulière. Pourquoi à un moment donné tout a foutu le camp ? L'espace d'une seconde, elle hésite. Et si elle rebroussait chemin ? Les forces lui manquent. À chaque visite, parler à sa mère, lutter contre le désarroi de sa sénilité, lui demandent un gros effort. Elle serre l'album photo contre elle. *Aujourd'hui, il le faut.* Elle reste quelques minutes encore, au milieu de l'allée bordée d'arbustes pompeux. Un pensionnaire pisse contre la barrière qui a perdu sa dorure. Tout ternit, à force.

Si un jour elle se retrouvait elle aussi dans cet endroit ? Qui viendrait la voir ? Certainement pas Richard. Lily ?

Deux enfants courent et joue à cache-cache dans le jardinet, près de l'entrée. Pris par le jeu, le plus petit piétine une tulipe éclose. Quel gâchis.

Quand elle arrive dans la Friendship Room, Caroline est flanquée de deux infirmiers. L'une est très jeune, porte un petit anneau en or au nez. L'autre, un grand garçon noir qui assure souvent les gardes du week-end et qui fait toujours preuve de patience. En voyant sa mère ainsi encadrée, Joyce se rappelle la *pietà* qui trônait dans la salle de séjour à Raleigh, le Christ en souffrance, la tête inclinée, avec la différence du diadème rose bonbon sur les cheveux gris de sa mère. Caroline, sentant probablement sa présence, lève les yeux. Un regard vide. L'odeur d'eau de Javel emplit la pièce. Elle essaye de prendre son courage à deux mains.

L'infirmier l'accoste dès qu'elle franchit la porte.

– Mrs McMillan ! Votre mère… Elle a avalé un poisson rouge.

Il s'éponge le front.

– Et pour couronner le tout, elle a uriné sur le livre d'un pensionnaire.

Joyce ne peut s'empêcher de rire. Elle avait besoin de cette détente, après ces journées d'angoisse. Caroline rit à son tour, hystérique. Bientôt, les autres pensionnaires la suivent, tapent les tasses en porcelaine avec les cuillers. L'une d'entre elles tombe avec fracas devant un personnel las. Elle pourrait expliquer à la toute jeune infirmière apeurée qui porte un anneau dans le nez qu'elle, la fille de Caroline McMillan, a toujours rêvé d'enfin se lâcher et de faire la folle, d'avaler un poisson rouge, de transgresser les règles pour embêter sa mère et ses horaires, ses exigences et ses livres de prières. Elle ne dit rien. Aujourd'hui, Caroline prend sa place pour les bêtises qu'elle n'a pas pu faire étant enfant. Des bêtises silencieuses, car sa mère ne parle plus. Un mutisme qui s'est installé après la disparition de son mari. Pour Joyce, cela ne change pas grand-chose à ce qui a été son enfance et son adolescence, puisque sa mère ne lui a jamais beaucoup parlé. *C'était l'époque, on ne parlait pas à ses enfants comme on le fait aujourd'hui !* lui a dit une amie un jour. Elle en doute. Les mères des autres camarades semblaient plus bavardes avec leurs enfants. Caroline se contentait de donner des ordres au personnel, veillait en silence à ce que son uniforme d'écolière soit impeccable, s'assurait qu'elle se couche à neuf heures tapantes, et surtout, qu'elle ramène des bulletins irréprochables.

– C'était quel livre ?

– I beg you pardon, Mrs McMillan?

– Parfois, il vaut mieux ne pas lire certaines choses ! Ne faites pas cette tête ! Je plaisante, bien sûr !

– Jane Austen est une auteure d'exception, d'après mes professeurs à l'école !

Joyce rougit. Pour faire diversion, elle fait asseoir sa mère, à nouveau calme. Cette chambre est aussi accueillante et chaleureuse que possible. Au mur, Joyce a accroché une peinture contemporaine, un mélange de taches de couleurs vives. Une œuvre d'une artiste parisienne, achetée lors d'un de ses voyages à Paris, avec Richard. Sur une étagère, le premier trophée de l'équipe de volley-ball de Caroline, au temps du lycée, où son équipe avait été championne nationale. Même les meilleurs se retrouvent un jour réduits à rien. Elle respire profondément pour se donner de la force pour parler à sa mère qui, depuis des années, ne répond plus à ses questions.

– J'ai une bonne nouvelle à t'annoncer, maman.

Elle s'agenouille à côté de Caroline, ouvre lentement l'album. Elle l'a complété pendant les heures vides, alors que Richard venait de la quitter. Les clichés sont classés par dates. Elle les a collés, eu soin de laisser quelques pages vierges pour les photos de Lily, lorsqu'elle reviendrait.

La première montre Joyce enfant dans une aire de jeux ou entourée de camarades de classe. Au tournant d'une autre page apparaît le portrait jauni de Lily à un an. Richard lui disait toujours, quand il l'aimait encore : *Ma Lily et sa maman ne font qu'une, comme vous vous ressemblez !* Peut-être est-ce pour ça que, privée de sa moitié, elle ne tient plus debout. La moindre brise, la moindre note de musique la fait chanceler.

Page suivante. Le portrait du père de Joyce, Mike. Mike habillé d'un costume strict. La tête haute, le menton légèrement relevé, pour le cliché, pour que les gens d'un futur qu'il ne connaîtrait pas le voient sous son meilleur angle. Caroline attrape la photo, la met dans sa poche. Un geste discret, mais que Joyce remarque. Elle a un pincement au cœur. Sa mère a véritablement aimé son père.

Et voici des images de vacances à la montagne, dans la cabane des parents de Caroline. Joyce sent encore l'arôme du bois, la chaleur du foyer, le froid sur sa peau, mais Caroline ne regarde plus, cherche à écraser une araignée minuscule qui se balade sur l'accoudoir de son fauteuil.

– Regarde, maman ! Lily.

Sa dernière photo avant leur départ au Mexique. Elle est sur les genoux de Caroline. La vieille femme a le regard perdu.

– Lily, maman. Elle viendra bientôt te voir. Elle est vivante. Elle…

Tu m'écoutes ? C'est ta petite-fille. On nous l'a volée. J'étais si contente de partir en voyage. J'allais m'occuper mieux de ma Lily. Nous avions fait la valise ensemble. *Maillot !* elle disait, *Canards !* Et moi, je lui disais qu'elle ne verrait pas de canards là-bas, qu'elle allait voir de petits poissons de toutes les couleurs, dans une mer immense. Ce matin-là, je l'avais serrée dans mes bras et j'avais joué avec elle. Une Indienne nous avait offert une poupée en tissus. Je l'ai perdue. Comme Lily. Toutes les deux perdues.

Aucune réponse. Joyce sort un mouchoir en papier, essuie ses larmes, ferme l'album et le glisse dans son sac. Elle en profite pour jeter un coup d'œil à son portable. Un message WhatsApp. Une amie lui demande l'adresse de son coiffeur. Joyce cherche et fait apparaître un pop-up avec la géolocalisation de Smart Style. Une fois l'adresse envoyée, elle dit à sa mère :

– Viens, on va aller manger. Avec qui tu veux t'asseoir aujourd'hui ?

Elle pose beaucoup de questions. Pour meubler le silence. Elle n'aurait pas dû venir.

Elle installe Caroline devant un plateau-repas, puis s'installe à côté d'elle pour lire ses Emails.

* *
*

Debout au milieu des larges allées des rouleaux de tissus multicolores, Lucho respire à pleins poumons. L'odeur des étoffes lui rappelle sa femme. Elle aimait la couture, confectionnait elle-même ses chemises et les robes d'Hilaria. À quelques mètres de lui, son amie Lourdes passe sa main sur un satin jaune pâle.

– Qu'est-ce que tu dirais de celui-ci ? Qu'est-ce que les jeunes filles de quinze ans aiment ?

Il cherche dans ses souvenirs. À quinze ans, il avait fait la connaissance de celle qui deviendrait la mère d'Hilaria. Elle aimait s'habiller. Se faire belle pour plaire aux garçons. Grandir, rencontrer un homme et faire des enfants, rien d'autre ne comptait, disait-elle. Dans leur chambre à coucher de leur première location, il l'avait surprise face au miroir. De profil, elle jouait à gonfler sa blouse, comme si elle était déjà enceinte. L'enfant avait tardé à venir. Probablement à cause de son travail à l'abattoir. Les effluves des produits chimiques devaient l'affecter. L'arrivée d'Hilaria les avait comblés. Lorsque l'usine de transformation de viande avait fermé, l'argent avait commencé à manquer. Ils avaient dû mettre de côté leur dignité et demander de l'aide aux parents. Peu après, il y avait eu le décès de sa femme. Les années qui avaient suivi avaient été difficiles. En pleine adolescence, Hilaria n'avait pas été facile à élever. La pauvre. La mort de sa mère l'avait beaucoup affectée. Partir aux États-Unis si jeune pour reprendre sa vie en main avait été courageux.

Il inspecte le tissu que son amie lui montre.

– Du jaune brillant. Cela pourrait aller. Elle aime bien aussi le doré.

– Alors, nous allons lui prendre une ceinture…

– Une fois que nous aurons le tissu, il lui faudra choisir un modèle de robe. Il n'ose pas la confectionner lui-même, mais Lourdes lui a proposé de le faire. Un cadeau pour son anniversaire qui approche. Quinze ans, ça se fête ! Lucho est enchanté de préparer une surprise. Il invitera les camarades de classe, des jeunes de la paroisse et des voisins. Il sait déjà ce qu'elle voudrait lui offrir. Des nouvelles baskets de sport pour ses entraînements.

– Tu as pensé à la décoration, Lucho ? Elle n'a plus l'âge pour les ballons multicolores. Qu'est-ce que tu penserais d'improviser une discothèque ? On colle des cartons noirs aux fenêtres et on demande à l'ouvrier de s'occuper de l'éclairage.

Lucho jubile. Lourdes, présidente de l'association de la paroisse, est d'accord pour prêter leur salle, plus vaste que leur modeste maison. Il y a des jeunes musiciens qui viennent à la messe. On pourra faire une collecte pour les payer. Parfois, il surprend Ixchel seule dans sa chambre, à danser sur la musique de la radio.

– Va pour le satin jaune !

Après leurs achats, ils se dirigent vers la terrasse d'un café. Ils s'installent à leur table habituelle, devant deux pâtisseries crémeuses et une tasse d'un « café de la olla », une boisson préparée dans une tasse en terre cuite. Un vendeur de ballons en forme de personnages divers passe. Batman, L'homme araignée, Donal Trump, Frankenstein flottent au gré du vent, tandis qu'un musicien joue une musique désaccordée avec un « organillo ». Lucho sort quelques pièces, en donne une au musicien qui pose sur son épaule l'instrument, déjà soutenu par un trépied, puis achète à son amie un ballon en forme de cœur.

– Tu es fou ! Garde tes sous pour ta petite princesse.

– Je ne sais pas comment te remercier pour la robe.

– Ne t'en fais pas ! Ta petite-fille est un amour. Ne te brûle pas, la tasse est trop chaude. Il me semble que cette fois-ci le café a moins de cannelle. On dirait que le patron veut faire des économies !

On applaudit le musicien.

– Tu n'as pas peur pour l'avenir d'Ixchel ? Les études coûtent cher. Hilaria pourrait tomber malade, ne plus pouvoir payer les factures.

– Je ne m'en fais pas. Pourquoi crois-tu qu'il nous arrivera malheur ?

Lucho observe un couple de jeunes gens qui s'installe à une table à côté de la leur. Il sait que le destin est déjà tracé pour tous. Pourquoi s'en faire ?

– Moi, je suis vieux, Hilaria le deviendra, mais Ixchel est jeune et en bonne santé. Si elle ne fait pas d'études, elle pourra toujours travailler à l'usine de cuir. Ou se marier ! Allez, mange. Si tu te mets au travail aujourd'hui, dans quelques jours la robe de ma petite-fille sera prête ! Et puis, j'ai une montagne de linge à repasser.

* *
*

Il est tard. Dans son lit d'hôtel au centre de Mexico, Peter cherche le sommeil en vain. Sa mâchoire est douloureuse, à cause du coup du policier. Il revoit sans cesse la scène de ce matin à l'école d'Ana Victoria Tundra. La camionnette de police était restée garée sur le trottoir. Deux agents en étaient descendus. Lui, il avait été sommé d'attendre dehors. Il avait obéi malgré lui, de peur de se mettre à dos la justice mexicaine. O'Higgins et ses partenaires mexicains lui avaient bien fait la leçon : il lui fallait rester discret, se montrer coopératif et obéir aux ordres. Des passants s'étaient arrêtés, curieux. Quelques minutes seulement après leur arrivée, une jeune fille frêle était apparue au portail de l'école, encadrée par les deux femmes policières : Ana Victoria Tundra – Lily ? – pleurait, hébétée. Elle ne comprenait pas ce qui se passait. *On ne fait que notre travail. Votre maman, Mademoiselle. Vous allez retrouver votre mère !* Peter était là en tant qu'observateur, mais il n'avait pas pu résister et s'était interposé. L'agent, surpris, l'avait brusquement repoussé. Ça avait été plus fort que lui, il avait riposté en infligeant un coup de poing au policier. Celui-ci avait sorti son arme et lui avait flanqué un coup de crosse. *Je ne vais pas en rester là. Je vais porter plainte à mon ambassade ! Ana Victoria n'est pas une criminelle, mais une victime* !

Une femme rondelette, un panier à la main, s'était approchée de lui : *Oh ! Vous saignez ! Tenez, un peu d'eau. Faites attention. Les policiers, ce ne sont pas des anges gardiens, mon pauvre homme. Vous avez de la chance qu'ils ne vous mettent pas en prison !*

Peter ignore tout de ce pays, de ses codes et de ses secrets, mais ce qu'il sait, lui, c'est qu'il déteste l'injustice. Il a dédié sa vie aux enfants en détresse. Aujourd'hui, rien ne s'était passé comme prévu. Comment un juge de la jeunesse pouvait-il envoyer la police dans une école ? La jeune fille sanglotait, alors que la foule agglutinée tout autour restait muette.

Vous pourrez voir mademoiselle Tundra chez le juge de la jeunesse, si vous voulez. Vous irez demander des explications chez lui, Mister. En attendant, tenez-vous tranquille ou vous aurez des ennuis. La camionnette s'était éloignée, ouvrant une brèche parmi l'attroupement de curieux. La tête d'Ana Victoria dépassait des sièges arrière, elle ne cessait de se retourner. La femme rondelette avait secoué tristement la tête *: Elle ressemble à ma fille, cette petite. Vous avez des enfants, Monsieur ? Oui, une fille. Elle est adulte déjà.* Peter aurait voulu rajouter à quel point sa fille Ivy lui manquait depuis que la plupart de ses CDs, ses derniers livres, ses derniers vêtements, dont ce t-shirt bleu avec l'écusson de son université, troué à force d'avoir été porté, avaient disparu. Comment raconter à cette inconnue que lorsque le téléphone sonne le soir, il est tenaillé par l'espoir que ce soit Ivy à l'autre bout du fil, comment lui raconter le silence de la maison sans elle ? Il pourrait lui dire aussi combien Ivy lui manque, surtout lorsque tout semble aller de travers. *Elle est grande aujourd'hui, elle est partie vivre ailleurs*, avait-il simplement dit, parce qu'il ne parle pas bien l'espagnol, mais surtout parce qu'il a toujours eu du mal à exprimer ses sentiments.

La camionnette de police n'avait plus été qu'un point qui s'était perdu dans l'horizon de béton et la foule s'était dispersée. Peter avait consulté son téléphone portable. Pas d'appel ni de message.

Ah ! Vous avez de la chance, Monsieur, dit la femme, *Vous avez fini votre travail, vous. Moi, j'en ai encore deux à la maison* avait-elle conclu en s'éloignant. Peter avait appuyé sur la touche mémoire Ivy et tapé : *Au Mexique en mission, et toi, tu vas bien ? Bises, Papa.*

Teresa était arrivée à ce moment-là, les cheveux en bataille, la chemise tachée de sueur. *Désolée ! Le trafic à cette heure-ci…On m'a dit pour Ana Victoria Tundra…. Tu saignes ! Qu'est-ce qui s'est passé ? Je te raconterai. On retourne au tribunal de la jeunesse.* À force de crier, Peter s'était enroué. Il avait hélé un taxi, en espérant qu'il ne les enlèverait pas et que la ceinture de sécurité ne serait pas coupée.

Le juge de la jeunesse était pressé. Qu'est-ce qu'une association américaine d'aide à l'enfance venait faire au Mexique ? Ana Victoria Tundra serait remise au consulat américain le jour même.

Teresa avait calmement expliqué leur démarche. Ils n'étaient là que pour veiller au confort et à la sécurité de l'enfant. Ils seraient discrets, respecteraient les injonctions de la justice mexicaine. S'il avait eu une carte de détective, la police aurait été plus coopérative, il en est persuadé. Il avait sorti une aspirine de son sac à dos. Il voulait à tout prix comprendre la raison de l'ordre du juge. La police en nombre, la sauvagerie. D'accord, ils étaient au Mexique, mais un enfant restait un enfant. Il n'était pas permis de lui envoyer les forces de l'ordre. Il ne s'agissait pas d'attraper un criminel ! Teresa l'avait repoussé d'un geste signifiant *Laisse-moi faire, le juge de la jeunesse me connaît.* Le fonctionnaire s'était montré plus correct avec elle. Il aimait bien les femmes vraisemblablement. Il n'avait pourtant pas donné ni excuse ni explication supplémentaire. *Une fois au consulat, vous pourrez vous entretenir avec l'intéressée tant que vous voudrez, lui apporter des vêtements propres et des revues.*

* *
*

Minuit vient de sonner à Trinity Park Church. Des cris montent de la rue, peu à peu balayés par une sirène. Joyce tourne la tête, éblouie par la lumière du projecteur de l'hôtel Hilton face à son immeuble. Le bateau à voile de la marine accroché au mur pique raide dans une mer agitée. Elle aurait dû se débarrasser de ce tableau depuis longtemps. La mer, elle ne veut plus la voir.

Le jour de cet achat, dans une vente aux enchères de Blanchet et Associés, Lily, qui avait à peine un an, dormait dans sa poussette. Avec Richard, ils étaient heureux. Cette œuvre d'art était un cadeau pour leur anniversaire de mariage. À présent, tout a disparu, mari, cadeaux et gentillesse. D'un geste automatique, elle prend la tablette sur sa commode du salon. Dix messages. Un client lui demande de trouver d'urgence un studio au centre de Raleigh, pour sa fille étudiante. Il faudra peu à peu reprendre le business. Où est-ce qu'elle a la tête ? Elle va perdre son portefeuille de clients, si elle continue à les négliger.

La sonnerie du téléphone la fait sortir de ses pensées.

– Bonjour, Joyce. Peter à l'appareil. Je suis au Mexique. J'aurais dû t'appeler hier matin déjà, mais…

– Pas de problème. Je ne dormais pas, de toute façon.

Depuis la disparition de Lily, minuit ne veut plus rien dire. À peine deux aiguilles qui fusionnent, deux chandeliers collés l'un à l'autre. Si le sommeil finit par venir, elle rallume son ordinateur et surfe. Ce n'est qu'aux aurores, qu'elle s'endort, épuisée. Les habitudes ont la vie dure.

– Tu as des nouvelles ?

– Le FBI a contacté Interpol. Ils ont retrouvé ta fille. Enfin, si jamais cela se confirme.

Elle n'entend pas la suite, à cause des sirènes. D'où proviennent-elles ? Peut-être qu'une ambulance stationne au pied de son immeuble et vient chercher un de ses voisins. Mrs Sleigh, la femme à l'étage au-dessus, régulièrement frappée par son mari ? Le coup de trop ? Pourquoi est-ce qu'elle pense à ça maintenant ? Elle a la tête qui tourne.

– Je ne t'entends pas bien !

À l'autre bout du fil, un scratch, puis une voix plus forte :

– Ana Victoria Tundra. On l'a retrouvée ! Ce n'est pas un nom d'emprunt. Elle habite Puebla, une ville à une centaine de kilomètres de Mexico. Elle est scolarisée. Interpol a contacté l'ambassade des États-Unis. Cela prendra trois ou quatre semaines avant de te la rendre. Le temps de procéder aux tests ADN.

– Des tests ADN ?

– Avant toute autre chose, bien sûr.

– Les tests, au Mexique ? Pas question !

– Je te demande pardon ?

– Il faut que les tests soient pratiqués ici. Je n'ai pas confiance dans ces laboratoires du tiers-monde ! Tu m'entends ?

Joyce ne saurait dire si Peter se tait, ou si les parasites de la ligne couvrent sa voix. Elle ne l'entend que par bribes, colle encore plus fort l'écouteur à son oreille.

– À la rigueur, il serait possible de faire les tests à l'ambassade des États-Unis à Mexico. Mais il faudra attendre plus longtemps. Les autorisations…

– Je ferai ce qu'il faut, mais ces tests seront faits ici ! Je te répète que je n'ai pas confiance dans ces laboratoires du tiers-monde. Imagine que des complices de ces criminels paient un pot-de-vin et que les résultats soient truqués.

– Qu'est-ce que tu vas chercher là ? On pourrait demander au consulat américain de placer un observateur.

– Non.

– Il sera difficile de faire accepter ça à un juge !

– Je veux ma fille, et je la veux tout de suite. J'ai déjà attendu trop longtemps !

Elle a failli acheter un ticket d'avion, arriver incognito dans ce village mexicain pour voir Lily, ne serait-ce que de loin. La police l'en a dissuadée. Pour les tests ADN, elle ne baissera pas les bras.

– Je travaille main dans la main avec une association d'aide à l'enfance locale. Nous irons consulter l'ambassadeur lui-même pour voir ce que nous pouvons faire. J'espère qu'il se montrera coopératif. Le juriste de mon association a pris le dossier en main, il m'aidera.

– Je paierai ce qu'il faudra. L'argent n'est pas un problème. Tu le sais.

– Je ne vois pas ce que l'argent vient faire ici ? Il y a des règles à respecter. Je t'appellerai dès que j'en saurai plus.

Il dit encore quelque chose, mais cela lui échappe de nouveau.

C'est sa voix. Elle lui rappelle celle de l'obstétricien à la naissance de Lily. Le même accent du Middle West, le même timbre de voix. Jeune accouchée, Joyce portait la chemise de nuit du Duke Raleigh Hospital : une blouse informe avec les initiales de l'établissement. Couchée sur le dos, elle regardait une nature morte, accrochée au mur bleu pâle, des fruits, un faisan. La lumière aveuglante de l'hôtel Hilton en face lui rappelle celle de la table de travail, à son accouchement. Elle se souvient des crampes dans son bas-ventre, des sirènes hurlant au pied du bâtiment. La maternité se trouvait au-dessus de la morgue.

Lors d'un examen de routine, pendant sa grossesse, Joyce avait entendu un battement de cœur rapide et demandé à la jeune infirmière : *C'est quoi, ça ?* Elle avait dit « ça », comme on parle d'une chose dont on ne sait rien et qui inquiète. Le cœur de votre enfant, Madame. Et ce cœur battait encore aujourd'hui. Le cœur de Lily.

– Je te téléphonerai demain, pour les détails. Promis. Essaye de dormir, maintenant.

Joyce raccroche et essaye de se ressaisir. Pourquoi le souvenir de son accouchement lui vient-il en ce moment ? *Est-ce que le bébé va bien, docteur ?* Elle ne voulait pas choquer le gynécologue. Qu'aurait-il pensé, ce jeune dont le métier était de mettre des enfants au monde, s'il apprenait qu'elle n'était pas prête à recevoir cette créature étrangère à son corps ? Non, il ne fallait pas l'avouer. *Rassurez-vous, Madame. Le bébé joue à cache-cache, mais il est bien là.* Du cache-cache. Sacrée enfant, qui jouait déjà avec ses pieds avant même d'être née.

Le jour de l'arrivée de Lily, Richard se tenait à ses côtés. Elle n'arrivait pas à dormir à cause des contractions et de la chaleur. C'était l'année de la canicule. Des dizaines de personnes âgées déshydratées, accompagnées par leurs familles, emplissaient la salle des urgences de l'hôpital.

Les premiers mois, Lily confondait la nuit avec le jour. Lors de la poussée des premières dents, Richard se levait la nuit pour bercer Lily. Fatigué, il avait demandé à la nurse de rester dormir le week-end, pour récupérer quelques heures de sommeil. Depuis le kidnapping, les insomnies ont empiré, se sont installées en hôtes indésirables. Joyce est persuadée que les mères signent un contrat à vie dont une clause stipule : Tu ne dormiras point !

Il faut qu'elle se ressaisisse. Il faut appeler son avocat. Maître Mariner a une longue expérience et beaucoup de contacts internationaux. Aucun juge du tiers-monde ne lui résistera. L'argent achète tout. Quand son père répétait ça tel un mantra, cela l'énervait, mais aujourd'hui, elle veut y croire.

Hilaria

Avant ma fausse couche, je n'avais pas de projets. Je me contentais de ramasser des types avec qui je passais du temps. Je prenais du plaisir au lit. De temps en temps, j'allais à l'école et je bâclais mes devoirs, histoire de ne pas avoir trop d'ennuis avec les profs, et pour tranquilliser ma mère. Éviter les problèmes.

Le samedi, j'allais au cinéma avec une copine. Jusqu'à l'épisode du bar, car après que j'ai appris ma stérilité, je me suis lancé un nouveau défi : avoir un enfant. Peut-être me trouver un homme libre ayant déjà un enfant. Ou bien, adopter. Je m'étais mis en tête de quitter le pays. Un changement d'air me ferait du bien, un moyen de m'éclaircir les idées. Convaincre mon père avait été difficile, paniqué de me voir partir toute seule. Fatigué par mon insistance, il a fini par me laisser partir. Quand je veux réellement quelque chose, je ne lâche jamais rien. Je lui ai promis de lui envoyer des dollars et des lettres, dès que j'aurai trouvé du travail.

Direction El Dorado.

Mexico dormait sous sa couche de brume matinale. Les buildings et les antennes des faubourgs me faisaient le salut militaire. Je partais à la conquête du monde ! L'autobus était parti au petit matin. À hauteur du premier poste de paiement, non loin d'Orizaba, des volcans à la cime enneigée se sont allumés sous le soleil froid, et j'ai pensé à la flamme d'un briquet. Pour la première fois depuis longtemps, j'ai eu chaud. Le Pico d'Orizaba parlait à mon oreille, me disait que j'étais prête à devenir mère.

L'autobus a ensuite attaqué l'autoroute, une ligne droite jusqu'à Nayarit. Près de mille kilomètres nous séparaient de la frontière avec les États-Unis. Je regardais la route vers le Nord, l'asphalte piqué de lignes blanches. Des flèches guidant mon destin. Après Tepic, le conducteur a fait halte dans un restaurant routier.

Le local grouillait de monde et l'arôme du plat unique embaumait l'air, mélangé à celui de la mangue cuite, en dessert. Je n'avais pas faim, mais soif. Le chauffeur s'est assis dans un coin. Je me suis installée face à lui, sur le seul siège libre dans le restaurant bondé. Celui-ci s'est contenté de me dire *Provecho* ! avant d'ouvrir sa bouteille d'un litre de Coca-Cola.

Les hommes me dégoûtaient. Mon père était un faiblard, les professeurs au lycée me dévisageaient sans vergogne, et le médecin qui s'était occupé de moi pour la fausse couche aurait voulu me dicter ma vie. Je ne voulais plus d'un homme. J'avais fait vœu de célibat. Pour l'enfant, je verrais comment me débrouiller.

Le conducteur du bus a murmuré quelque chose, mais je n'ai pas compris à cause du bruit. Ce visage rond, ces cheveux gras, les mêmes que le médecin de la mort. En payant sa note, il m'a fait un compliment. Je me suis dépêchée de remonter dans le bus, sans lui répondre.

À Tijuana, j'ai quitté le bus et fait du stop. En voiture, on a une chance sur deux d'être contrôlé. Le conducteur, un commis voyageur, a appuyé sur le bouton de la borne et a tiré le vert. Bingo. J'ai réussi à passer la frontière. J'avais l'adresse d'un membre de sa famille qui pourrait m'aider en Caroline du Nord. À Raleigh, j'ai enchaîné les petits boulots : serveuse le soir, femme de ménage, garde-malade chez des particuliers. Dans cette ville américaine, j'aimais l'effervescence de la nuit. Avec d'autres clandestines, je sortais le soir pour manger un bout. Je donnais une bonne dose de somnifères à mon vieux malade et j'étais tranquille jusqu'au lendemain matin. Une collègue m'a proposé de me laisser sa place à Morrisville, près de Raleigh. Elle retournait au pays et pourrait me recommander. Aucun problème pour être engagée. Madame Peterson, une honorable dame de quatre-vingt ans, ainsi que sa fille, m'ont fait pleinement confiance. Quand je donnais le bain à la vieille femme, je m'imaginais laver un petit enfant.

Le mien.

À cause de la toux grasse Mrs Peterson, les boules de Kleenex s'entassaient dans la corbeille. Un jour, je ne sais pas pourquoi celui-là plutôt qu'un autre, j'ai eu à nouveau cette nausée qui me venait de très loin dans le ventre. Je suis sortie dans le couloir pour respirer un peu. J'étais pieds nus, car je trouve ça plus confortable quand je dois rester debout longtemps. Le couloir était éclairé en permanence, pour éviter les vols. Le contraste avec la pénombre de l'appartement confiné de la vieille dame m'a surprise. J'ai fermé les yeux. Quand je les ai rouverts, une petite fille m'observait. Lily.

Joyce avait raison : les communs n'étaient pas bien entretenus dernièrement. De la cage d'escalier montait une odeur de pourri, mélange de moisissure et de fruits blets. Sur le sol traînaient des bouts de prospectus froissés. L'enfant m'observait.

Tu as oublié de mettre tes chaussures ! m'a-t-elle dit. J'ai mis la main dans ma poche et je lui ai donné un bonbon, de ceux que j'ai toujours sur moi pour distribuer aux enfants, quand leurs parents ne me voient pas.

Tiens, ma jolie fée. C'est pour toi. Donne un petit baiser à tante Hili !

La petite fille m'a embrassée sur la joue. C'était le début d'une longue et belle histoire à deux.

Après son départ, j'ai pris une publicité de jouets qui traînait par terre. Une maison de poupées était annoncée pour dix dollars. Je l'ai repliée et mise sous mon corsage. Un achat pour lui faire plaisir. Depuis ce jour-là, Lily n'avait jamais dit non à mes cadeaux, lorsque ses parents et la nounou de service avaient le dos tourné.

Aujourd'hui, c'est différent. Quand je rentre du travail, j'apprends que Lily ne veut pas m'accompagner faire les courses au supermarché. Ses fameux entraînements de volley-ball. Qu'est-ce qu'elle a, à passer des heures à taper sur un ballon ? Elle est devenue une adolescente indifférente. Sa chambre est toujours en désordre. Je ne supporte pas le désordre. Les vêtements par terre, les serviettes de bain mouillées sur le lit. J'étouffe sous l'amas de linge sale. Voilà à quoi se résume ma vie actuelle. Une montagne de saleté. De plus, dès que je pars travailler, Lily sort pour aller écouter des concerts de dégénérés, avec des chanteurs ridicules, qui gueulent au lieu de placer une note correcte. Elle attend pendant des heures les groupes de rock qui débarquent dans le petit aéroport de la ville et leur demande des autographes. Tout ça avec la complicité de mon propre père ! Ils se moquent bien de moi, tous les deux. Je ferais bien de déménager avec ma fille. De plus, vivre loin de mon père apprendra à Ixchel à obéir et à être disciplinée. Lily-Ixchel restera toute ma vie près de moi, me veillera, prendra soin de moi quand je deviendrai dépendante. Elle me doit bien ça. Quant à mon père, il passe sa journée à s'agiter, à aller d'un endroit à l'autre de la maison, un balai, un chiffon à la main. Quel ennui. Mais j'ai trouvé comment m'amuser un peu. Je me suis inscrite sur un site de sexe virtuel. Je suis devenue « Hili 40 ». J'ai plein de followers qui me réchauffent le cœur le soir.

J'interdis à Lily d'avoir un ordinateur parce que ce n'est pas bon pour les jeunes et parce qu'ainsi, elle ne risque pas de fouiner dans son passé. On ne sait jamais. Alors, j'ai mis mon portable sous clé, dans un tiroir de l'armoire de ma chambre.

Ni vu ni connu.

* *
*

Lucho se rend à la salle paroissiale en début de soirée. Dans le cagibi où s'entassent balais, seaux et serpillières, il attrape un bout de tissu et s'attaque au dépoussiérage des étagères qui accueilleront les manuels pour apprendre à se servir des ordinateurs tout récemment arrivés. Jorge fait irruption dans le local avec sa démarche habituelle, déglinguée et nonchalante.

– Oh ! Les nouvelles machines sont arrivées. Waouh ! Des HP !

– Oui, répond-il en balayant la terre que le jeune homme a laissée sur le carrelage. Un professeur nous a promis d'être là mardi.

Le garçon fonce sur la machine près de l'entrée, et avant même de s'asseoir, il appuie sur le bouton d'allumage.

– Je n'ai besoin de personne, Abuelo ! Ces choses-là, c'est instinctif.

Il se gratte la joue. Lucho s'appuie sur le balai resté entre ses mains, observe le tatouage sur le bras de Jorge. Un serpent noir, à écailles. La bête affreuse suit les mouvements de son bras, se forme et se déforme. Il détourne le regard. Hypnotisé par la lumière bleue de l'écran allumé, il tire à son tour une chaise et s'assoit à côté du jeune garçon.

– Vous voulez apprendre, Abuelo ? Qu'est-ce qui vous intéresse ?

– Je ne…

– Un cours de bricolage ? Du chant ? Ma sœur aime la musique. Moi, j'aime les serpents…

– J'ai vu.

– Allez, si on commençait par les nouvelles ? Voyons voir, qui a tué qui aujourd'hui ? Les tarés !

Lucho étouffe un rire. Il connaît à peine ce garçon, toujours seul, son téléphone portable à la main. Ce n'est pas une mauvaise chose si le comité a décidé d'investir dans les ordinateurs. Au moins, ces loups solitaires seront au chaud. Dans ce quartier défavorisé, les vols sont fréquents et Lourdes craint pour le matériel, mais il lui a promis de veiller à tour de rôle avec les bénévoles. Une sorte de test. Au moindre problème, on arrête tout. Il a hâte d'annoncer à Ixchel l'arrivée des ordinateurs. Ce sera un secret entre eux. Elle pourra consulter ses histoires de jeune fille sans devoir se cacher d'Hilaria.

– Va pour les informations ! Il y aura peut-être quelqu'un qui vient de gagner au Lotto. J'aime bien voir des gens heureux.

Cela fait une éternité que Lucho n'est au courant de rien. Hilaria a banni la télévision, sous prétexte qu'elle rend idiot.

Lucho était prêt à offrir un téléphone portable à sa petite-fille pour qu'elle puisse voir des films et écouter de la musique, lorsqu'on lui a annoncé le projet d'un cyber café.

Ixchel a besoin d'être gâtée. Ce n'est pas rien d'avoir été abandonnée par ses deux parents, même si sa mère adoptive ne la prive de rien. Lucho est le plus souvent en désaccord avec elle lorsqu'il s'agit d'éducation. Avec les ordinateurs, on peut aussi trouver de bonnes choses, des vêtements à la mode, des histoires de son âge. À quinze ans, on devient curieux. Il veillera, avec le professeur d'informatique, à ce qu'elle soit guidée sur le bon chemin.

On entend les notes du générique du journal du soir, puis apparaît la journaliste, habillée d'une belle robe blanche.

Un nouveau président pour les États-Unis. Donald Trump réussira-t-il à faire payer les Mexicains pour le mur de la frontière ?

Jorge tape du pied.

– Quand les poules auront des dents… quoique, c'est possible, avec lui !

– Qu'on paye ?

– Non ! Que les poules aient des molaires. Déjà avec les OGM…

– Les… ?

Il rit lui-même de sa blague. Des images défilent à l'écran. Une jeune fille que des policiers encadrent aux portes de son école.

Rebondissement dans l'affaire Lily McMillan. Interpol a retrouvé la présumée Lily, enfant américaine enlevée dans un hôtel d'Isla Mujeres à deux ans, alors que ses parents y passaient des vacances. Aujourd'hui, l'adolescente a été découverte à Puebla, au Mexique, grâce à internet et au travail acharné d'Interpol.

– Je vous le dis : il y a des tarés, dit Jorge, en mettant un bonbon en bouche. Vous en voulez ?

La caméra fait un zoom sur le visage de la jeune fille. Son visage allongé, ses lèvres minces. Le cœur de Lucho se met alors à cogner dans ses tempes.

– Seigneur !

D'autres images défilent à l'écran. L'hôtel où l'enlèvement avait eu lieu, un commissariat de police. On annonce que les analyses ADN seront effectuées aux États-Unis.

– C'est moche, hein, Grand-père ? Du délire. Pauvre gonzesse. Et les parents… Vous avez entendu ? On va faire les tests là-bas ! J'ai un oncle qui est laborantin. Ils sont sérieux ! Pourquoi faire ça aux États-Unis ? Si ça se trouve, ils veulent tricher.

– Chut !

On montre à présent la façade d'une maison modeste et un couple menotté. Un petit enfant pleure derrière les deux parents, éberlués. Apparaît à l'écran une photo vieillie. Une petite fille blonde sourit à l'objectif. *Et voici Lily, enfant.*

Lucho reste figé.

– Pauvres parents. Heureusement qu'elle a été retrouvée.

Ces lèvres, ces yeux : doux, le sourire à fossettes. Tout ceci a un air familier.

– Qu'est-ce qu'elle a dit, la journaliste ? Disparue quand ?

– Faut pas le prendre si à cœur, *Abuelo.* Des enlèvements, il y en a à la tonne. La meuf de mon oncle...

– Quand ?

– Attendez, je sais voir ça sur mon smartphone.

Le jeune manipule son téléphone avec dextérité. La réponse ne tarde pas à venir.

– 2005. On ne dit pas le mois.

Lucho s'affale sur sa chaise.

– Ça ne va pas, Grand-père ? Vous êtes pâle. Eh ! Vous allez tomber. Il vaut mieux que je vous raccompagne. Venez !

C'est impossible. Son imagination lui joue des tours. Ce serait un énorme hasard. Il s'agit bel et bien de la même époque que l'adoption, mais il n'y a aucun rapport avec l'arrivée d'Ixchel.

Il tremble lorsqu'il ferme le local. Il lui tend le bras.

– Je n'ai pas de voiture, mais je roule très bien à moto. Prenez mon casque.

Embarqué malgré lui sur une vieille bécane, Lucho rumine. Il n'a jamais vu les papiers de l'adoption. Sa fille est allée directement au registre civil pour demander un nouvel acte de naissance. À l'époque, on était moins regardants. Hilaria insistait, elle était à présent sa mère. Il fallait que l'orpheline oublie. Oui, il avait vu la photo de la petite kidnappée dans les journaux de l'époque. Pourquoi les avait-il ignorés ? Pourquoi ? Le bonheur rend aveugle. Cette enfant venue apporter une joie nouvelle dans la maison. Il faut rester calme. Lorsque sa fille rentrera, elle lui montrera les papiers de l'adoption et tout rentrera dans l'ordre. Qu'est-ce qu'il va imaginer ? C'est ridicule. Il fait une montagne de rien.

Lorsqu'ils arrivent chez Lucho, Jorge insiste pour l'accompagner. Il doit sonner car, nerveux, Lucho ne trouve pas sa clé. Dès qu'Ixchel apparaît à la porte, Jorge ne peut détacher ses yeux de la jeune fille.

Lucho aussi observe Ixchel. Sa peau est si pâle, presque transparente, comme le tulle dont sa femme parait les robes de mariée vaporeuses que les clientes lui commandaient à l'époque. Le jour où elle avait débarqué à la Centrale des autobus, l'enfant souffrait d'un coup de soleil. Il s'en était même inquiété.

– Ton grand-père est malade, dit Jorge. Nous étions à la salle paroissiale. Je lui montrais des trucs à l'ordi, et soudain il s'est senti mal. Sûrement le cœur. À cet âge-là, c'est toujours le cœur. Ma grand-mère à moi…

– Abuelo ! Viens t'asseoir, tu me fais peur.

– Ce n'est rien. Un coup de fatigue. Merci, Jorge. Tu peux partir.

Le garçon reste debout sur le pas de la porte. Faut-il aller chercher un médecin ? Il en connaît un très bon. Il s'occupe d'eux depuis qu'ils sont petits.

– Ma sœur a eu la varicelle, alors...

Lucho l'interrompt, lui demande une nouvelle fois de partir. Ce n'est rien, un petit malaise déjà passé. Jorge sourit à Ixchel. Cette fille est superbe. Elle a un charme fou, malgré ses vêtements ringards : un pantalon rose et un pull-over blanc avec une fée cousue au fil d'argent. Il propose à Lucho de l'aider pour l'entretien des ordinateurs.

– Les engins sont extra. Quand tu veux, je te montre….

– Ixchel.

– À bientôt, Ixchel.

Il s'en va à contrecœur.

Ixchel arrange les coussins du sofa et installe confortablement son grand-père, lui apporte une tisane. Lucho la laisse faire. Le même visage d'ange que l'enfant à la télé. Lorsqu'elle lui propose de l'aider à se préparer pour le coucher, Lucho insiste pour rester dans le salon.

– Je te promets que je monterai me coucher vite. Toi, tu as école demain. Vas-y !

Lucho ne tient pas parole et attend le retour d'Hilaria. Lorsqu'elle rentre aux aurores après sa nuit de garde, elle est surprise de trouver son père habillé.

– Qu'est-ce que tu fais là ? Tu as passé la nuit ici ? Où est Ixchel ?

Lucho lui dit qu'il a eu des insomnies, que quelque chose le tracasse. Ixchel aura bientôt quinze ans. Il aimerait bien voir les papiers de son adoption.

– Comment ça, les papiers de l'adoption ? Et pourquoi tout d'un coup ? Je ne les ai pas, moi ! On me les a volés dans le bus, avec de l'argent. J'ai fait faire son certificat de naissance ici. C'était suffisant pour l'école. Concentre-toi sur les préparations de sa fête de quinze ans et ne t'occupe pas de ma paperasse.

Elle se dirige vers le pied de l'escalier menant à l'étage. Lucho l'arrête.

– Il faudra qu'un jour tu lui dises…

– Lui dire quoi ? Elle n'a pas besoin de savoir. Il ne faut pas lui encombrer la tête. Il n'y a pas déjà eu assez des drames dans cette famille ? On a assassiné ma mère !

– Tu reviens encore avec ça ? Je t'ai déjà dit que ta mère est morte d'un arrêt cardiaque. Mort naturelle, en dansant.

– Ton frère l'a tuée ! J'ai vu cette bouteille cassée, comment il l'a plantée dans le cou de maman. Tu l'as toujours nié. Mais qu'est-ce que tu as dans la tête, papa ?

– Comment as-tu pu imaginer une seconde que ton oncle ait pu faire ça ? Le médecin n'a rien dit. Il y a bien eu une dispute, mais c'était fini lorsque…

Hilaria hausse les épaules, tourne le dos à Lucho.

– Ixchel ! Tu vas être en retard à l'école ! Je dois retourner chez Felix pour lui apporter des courses. Tu viens ?

Une fois Hilaria et Ixchel parties, Lucho monte lentement les escaliers. À partir de maintenant, le doute, tel un serpent qui se glisse et s'enroule autour de son cou, le serre de plus en plus fort.

Hilaria

Je n'en crois pas mes yeux. La télévision passe les mêmes images en boucle : à Puebla, au Mexique, la police est allée chercher de force une jeune fille à son école. Elle serait Lily, la fille présumée d'une certaine Joyce McMillan, kidnappée il y a une douzaine d'années alors qu'elle passait des vacances avec ses parents. Les soi-disant parents, les kidnappeurs, ont été arrêtés pour interrogatoire. Lily McMillan va bientôt être expatriée aux États-Unis, en Caroline du Nord. Deux agents féminins encadrent la jeune fille et se dirigent vers un bâtiment entouré d'un jardin à palmiers. Une bâtisse imposante, avec des dizaines de fenêtres opaques. Le tout encerclé d'épais barbelés. Sur la façade, le drapeau des États-Unis ondule à côté de celui du Mexique. Je dépose la boule de vêtements sales que le vieux Felix a cachée sous son lit, pour *ne pas me déranger*, je m'approche du poste. Ce n'est pas Lily. C'est impossible. Cette jeune fille n'est pas Lily, puisque Lily vit avec moi !

– Pauvre gosse ! dit Felix, laissant couler un filet de la limonade qu'il a portée à ses lèvres sur son pull-over propre. Ce n'est pas sa faute à elle si…

– Chut ! Felix, j'essaye d'écouter !

– Oh ! On peut dire que vous avez un sacré caractère, vous ! Vous me rappelez…

Je monte le son de la télévision. À l'heure où passe le reportage, la jeune Ana Victoria Tundra se trouve à l'ambassade des États-Unis à Mexico.

– Ah ! Vous me cassez les oreilles, avec votre télé ! Vous êtes insupportable, Hilaria.

La caméra zoome sur le visage de la jeune fille. La police se trompe sur toute la ligne. Cette fille ne ressemble en rien à ma Lily !

– Elle a été kidnappée où ? demande Felix, qui tente de se relever.

J'éteins la télévision, le sang martèle mes tempes.

– Mais qu'est-ce que vous faites ? Je croyais que les informations vous intéressaient ?

– Il est tard. Je m'en vais.

– Vous venez d'arriver, Hilaria !

J'enfile ma veste et prends mon sac en bandoulière, en essayant tant bien que mal de maîtriser le tremblement de mes mains.

– Je serai absente demain. Je téléphonerai à votre fille.

– Eh ! Vous oubliez mon linge sale !

J'entends ce que Felix vient de me dire une fois dans le couloir. Je ne réponds pas.

* *
*

Le vol des avions au-dessus de Mexico accompagne son insomnie. Peter sort une Camel de son étui, l'allume avec son briquet. La flamme danse devant ses yeux. Il la contemple quelques secondes, avant de rabattre le petit clapet. Il aimerait comprendre. Tout allait bien, les premiers contacts avec le juge de la jeunesse, la police, les relations avec le Ministère des Affaires étrangères, Teresa rassurante, et puis ce dérapage. Il n'a pas fait son travail correctement. Après cette mission, il devra revoir sa copie. Peut-être présenter sa démission et faire un autre métier. Pourquoi pas devenir détective privé. *Tu parles !*

Il est 22 heures. Peut-être que Joyce ne dort pas. Il prend son téléphone. Cette mission est un échec, que va-t-il lui dire ? Qu'il est un piètre assistant social ? Qu'il a été incapable d'aider celle qui pourrait être sa fille ? Il repose le combiné, se recouche. Il est trop tard pour l'appeler de toute façon. Pendant quelques minutes, il observe le plafond de la chambre. La peinture est écaillée par endroits, et des taches d'humidité apparaissent aux coins. C'est un hôtel minable, mais il ne peut pas s'offrir mieux. L'administration de SOS Enfants en danger doit faire des économies, car les subsides diminuent d'année en année. Il y a d'autres priorités, des associations plus puissantes qui peuvent se payer des spots à la télévision qui attirent plus de dons.

Il se lève, prend le journal acheté le matin, mais il n'arrive pas à se concentrer. Si Ana Victoria Tundra est vraiment la fille de Joyce, elle n'aura plus besoin de lui ni de son association, et il ne la reverra plus. Joyce lui manquera. La minute d'après, il se rassure. Il peut encore se battre. Il ira voir le consul. Il l'écoutera, lui. Pourquoi ne pas alerter les médias ? Un vrai scandale ferait peut-être réagir les politiques ?

On frappe à sa porte.

– C'est moi, Teresa, ouvre-moi !

Il a dû se passer quelque chose de grave. Il passe une chemise et un pantalon à la hâte. La jeune femme, bien coiffée et maquillée, dégage un parfum léger. Après cette journée difficile, Peter s'attendait à trouver une Teresa en détresse, fatiguée des heures passées à traverser Puebla dans les embouteillages, celles à attendre que le juge de la jeunesse veuille bien les recevoir, mais voilà qu'elle a l'air de sortir d'une soirée, bien maquillée et coiffée d'un chignon.

– Tu ne me fais pas entrer ?

Il libère maladroitement une chaise couverte de vêtements.

– Excuse-moi pour le désordre. Je ne m'attendais pas à avoir de la visite. Il s'est passé quelque chose ?

Teresa rit d'un rire alcoolisé.

– Il me faut un prétexte pour venir te voir ? Tu devrais être content, j'ai bravé tous les dangers pour venir te voir. Quel quartier coupe-gorge !

Sans attendre, elle enlève sa veste. Elle porte une robe très courte. Il n'avait pas remarqué l'harmonie de son corps, tout en proportion. Teresa ne prend pas la chaise qu'il vient de débarrasser, mais s'assoit sur le lit.

– Je me sentais seule, ce soir.

– Il s'est passé quelque chose ?

Teresa rit. Après la journée difficile, cette légèreté lui fait du bien, mais il se demande ce que sa collègue fait là à cette heure-ci.

– Je me disais que toi, tu n'allais pas bien. Laisse-moi voir ta mâchoire. Ça te fait mal ?

– J'ai mis des glaçons. Ça va passer. En rentrant chez moi, je vais prendre des cours de self-défense.

– Tu as agi de manière stupide. Tu as frappé un policier ! Tu veux sérieusement nous causer des problèmes ?

– Je ne sais pas. Tu as raison, j'aurais pu éviter la scène de tout à l'heure.

– Tu ne connais pas ce pays. Il vaut mieux écraser si tu veux obtenir des choses.

– La presse. Il faut alerter la presse.

– Encore pire ! Tu vas nous mettre la justice mexicaine à dos. Tu te tais et tu me laisses faire.

– J'ai du mal à rester les bras croisés. Tu veux prendre un café ? Il y a un snack pas loin de l'hôtel.

La jeune femme met un index sur ses lèvres et fait glisser une bretelle de sa robe.

Elle est si jeune. Peter observe son épaule, très blanche et ronde. Il détourne le regard.

– Ce n'est pas une bonne idée. Tu es mariée. Si tu veux, demain, nous…

La broche qui retient ses cheveux tombe et Teresa s'approche de lui. Il sent ses seins contre son corps. Il transpire à grosses gouttes, se retourne pour cacher son excitation. Elle lui demande de la regarder dans les yeux. Lorsqu'il se retourne, elle pose sa bouche sur la sienne et toutes ses défenses tombent. Et alors qu'il se fond dans le corps de Teresa, il ferme les yeux et imagine pénétrer celui de Joyce.

Hilaria

Je quitte l'immeuble du vieux Felix en tremblant. Une fois dans la voiture, j'allume la radio. Inutile, car l'essentiel de l'information est déjà donné et la journaliste est passée aux sports. D'où sort cette fille, Ana Victoria Tundra ? Et pourquoi maintenant ? On ne l'a pas dit. Qu'est-ce qui va se passer ? On parle de tests ADN. Je respire profondément, comme me l'a conseillé la psychiatre qui m'avait prise en charge pour mes changements d'humeur. Inspirer en sept temps ; retenir mon souffle en trois, puis expirer. La méthode ne marche pas. J'allume une cigarette. Mon cœur bat très vite. S'il y a des analyses de sang, on verra que la dénommée Ana Victoria n'est pas la fille de Joyce, et on oubliera à nouveau l'affaire. Tant d'années sont passées. On n'a pas montré la photo de Joyce à la télévision. Je me demande comment elle est aujourd'hui. Toujours aussi snob et apprêtée ?

Je démarre. Pas envie de rentrer chez moi et de retrouver mon père. Tout est clair. Il a dû voir les informations chez sa copine et se doute de quelque chose. Il faut trouver une parade pour distraire son attention, la tromper. Et vite. Un tour au parc. Rien de mieux pour réfléchir !

Au square, des jeunes enfants jouent sous le regard de leurs mamans. Je regrette Lily enfant. Non, il ne faut pas que je l'appelle Lily. Ce n'est plus Lily, mais Ixchel.

Les enfants ne devraient jamais grandir. Ils resteraient frais et innocents à vie. On pourrait les habiller à notre guise toute notre vie, leur faire faire ce qu'on veut ! Quand Ixchel était petite, j'aimais bien jouer avec elle. Je me mettais par terre, sur le carrelage si bien entretenu par ma mère. Ixchel si blonde. Rayonnante comme la lune. À l'époque, il traînait en permanence des jouets un peu partout dans la maison. Au milieu du salon, un pirate borgne nous observait. Il y avait aussi un patin à roulettes auquel il manquait une roue, des livres aux pages cornées et tachées de confiture. Mon père refusait de les ranger, pour que la petite s'amuse. Ixchel régnait sur notre maison. À travers les rideaux orange qu'on conserve encore aujourd'hui, les rayons du soleil nous réchauffaient. *Joue avec moi* ! me disait-elle. Je m'installais alors à côté de l'enfant. *Et on joue à quoi ?* Ixchel me tendait d'un geste décidé la boîte de blocs en plastique et, sans un mot, elle déversait le jet de Lego. En serrant les lèvres, elle entamait le travail, piochait deux blocs dans l'amas multicolore, les unissait. Elle levait le regard et me demandait : *Maman, qu'est-ce que tu attends pour jouer ?* Elle m'appelait enfin maman ! Toutes les deux, nous travaillions côte à côte sans dire un mot. Un dimanche, Ixchel avait voulu construire une maison. Un mur prenait forme. *Tu en construis un deuxième* ? Je lui avais fait remarquer que les murs des maisons comportaient des fenêtres. *Non, non… cette maison n'a pas de fenêtre. C'est une maison pour se protéger. Le temps que la police attrape les méchants qui courent.* Une série de cambriolages avaient eu lieu dans le quartier. J'avais déposé un baiser dans les cheveux de ma fille. L'enfant m'avait ordonné de ne pas perdre mon temps et de me mettre au travail, avant que les voleurs n'arrivent ! Je m'étais agenouillée face au petit édifice sans aucune ouverture. Le pirate borgne avait pris place à l'intérieur, à côté d'une femme-Lego à la chevelure noire rigide et de deux personnages plus petits, l'un habillé en jupette, et l'autre en culotte courte. *Mais alors, pas de toit*, avait dit Ixchel, *ainsi on voit ce qui se passe à l'intérieur ! D'accord. De toute façon, les voleurs ne pourront pas entrer par le haut.* Nous avions ajouté deux petits lits, une table et deux chaises. Sur le mur, une carte du monde miniature. On y devinait les océans et les continents.

C'est bien loin, tout ça. Ixchel a grandi.

Mon cabas serré contre ma poitrine, je me promène dans les allées qui longent des aires de pique-nique.

Une famille attire mon attention. Trois jeunes enfants sur un tronc d'arbre pique-niquent. Un des garçons, vers les six ans, est un petit blond. Il est beau, habillé d'un short et d'un sweat-shirt assorti. À côté de lui, son frère porte une tenue similaire. Ils se ressemblent. Je calcule que le plus jeune doit avoir dans les quatre ans. Il met en bouche le morceau de nourriture que son grand frère lui tend. Une petite fille habillée d'une robe tricotée et de collants orange est avec eux. Elle a de grands yeux bleus et des cheveux blonds également, très fins. Elle est coiffée de tresses nouées avec un ruban rose. Elle ne mange pas, regarde sa mère d'un air sérieux. Celle-ci téléphone et ignore ses enfants. Encore une mère indigne, comme Joyce à l'époque. J'ai mal aux dents tellement je serre la mâchoire. J'ai une folle envie de lui enlever ce téléphone et de lui ordonner de prendre soin de ses petits. Je prends place sur un banc qui leur fait face. Soudain, un des garçons, le plus âgé, se sépare de sa famille, court vers les jeux, suivi de son frère. La mère ne les a même pas vus. Heureusement que je suis là pour les surveiller ! Je les suis. L'aîné monte sur une corde et tombe. Il pleure. Je sors ma blouse de travail de mon cabas, l'enfile en vitesse et cours vers lui. L'uniforme me permet d'approcher les enfants sans que les parents se méfient.

– Tu t'es fait mal ? Montre.

Ce n'est qu'une éraflure, mais l'enfant pleure de plus belle, son petit frère, apeuré, fait de même. Sa mère arrive.

– Je suis infirmière. Ne vous en faites pas. Ce n'est rien, mais il faut désinfecter.

Je ne laisse pas le temps à la mère de protester. Je sors ma gourde et je nettoie la plaie de l'enfant en versant de l'eau sur son genou. Avec une gaze que je garde en permanence dans mon sac au cas où, je mets une goutte de mercurochrome sur la plaie, tout en rassurant le petit blond.

– Je m'appelle Hili. Je travaille dans un hôpital. Ça va aller ! Un petit bisou et tout est fini. Voilà, tu as été courageux. Regarde ce que j'ai dans ma poche : un bonbon.

La mère me remercie avec un sourire. Quelle chance que je sois là ! L'enfant saignait, elle n'aurait pas su quoi faire, serait partie à l'hôpital. Je ne lui réponds pas. Je déteste les mauvaises mères. Elle n'aurait pas dû avoir d'enfant ! Après avoir caressé la tête du garçon qui est plus calme à présent, je prends congé de la famille. Au bout de quelques mètres, je me retourne et je vois le petit groupe rejoindre un homme qui doit être le père, comme j'ai vu tant de fois Joyce et Lily avec Richard. Il n'est pas question que Joyce retrouve sa Lily, mon Ixchel, après toutes ces années de nuits blanches et de sacrifices. Ce serait trop facile. Je suis une meilleure mère qu'elle. C'est moi qui ai tout donné à *ma fille*.

Je reprends ma voiture garée dans la rue. Il faut que je me ressaisisse. Il n'y a pas de danger. Il n'y en a pas. Lily s'est toujours contentée de mes explications. Officiellement, son père nous a quittées. Abrutie par sa musique, son sport et ses études, Ixchel ne fera jamais le rapport entre ses origines et ce fait divers. Il faudra pourtant rester prudente, jusqu'à ce que je trouve une solution.

* *
*

Ils étaient trop propres, trop blancs, trop brillants, ces couloirs. Ana Victoria marche en traînant les pieds, à côté de l'hôtesse en chignon blond oxygéné. La dame lui tend la main, elle la lui donne. L'hôtesse sourit. Elle a des dents nacrées et droites.

– No ! Your papers. Pasaporte !

Ana Victoria lui tend sa pochette, encore chaude par les heures de vol contre sa poitrine. Du coup, elle lui refuse l'autre main, celle qu'elle lui offre quelques secondes après. Elle fait exprès d'aller lentement.

– Hurry-up ! They are waiting for us…

Dents nacrées a mis sa main sur son épaule, la pousse vers le courant de voyageurs qui se précipite vers le contrôle d'identité.

Deux queues : une courte formée de blondes très maquillées, d'obèses, et d'hommes au corps musclés vêtus de t-shirts moulants, l'autre, de personnes petites aux yeux bridés, aux peaux brunes et aux voiles et turbans des Mille et une nuits sur la tête. L'hôtesse dépasse tout le monde et se présente devant l'agent qui a une gueule méchante. Celui-ci leur fait signe d'attendre. Un homme les a rejointes. Tout aussi blond que l'hôtesse. Il échange quelques mots avec elle, se présente en espagnol à l'accent gringo :

– Hola ! Soy Antony. Asistente social del Aeropuerto !

Il l'accompagnerait jusqu'à la sortie, où sa mère l'attend. Elle voudrait protester, mais personne ne l'écoute. Sa mère est là-bas, au Mexique. Si elle se trouve là, c'est par erreur, par accident, par mégarde. Elle ne comprend rien à ce qui lui arrive.

L'hôtesse parle avec entrain avec le jeune homme. Celui-ci ne fait pas attention à elle. Elle aurait voulu lui dire que là-bas d'où elle vient, elle a une mère qui fait délicieusement à manger, un petit frère avec qui elle se chamaille, un papa qui va travailler tous les jours et qui arrive le soir avec de petits cadeaux pour tout le monde. Elle adore les « mazapanes », bonbons à la pâte de cacahuète, très sucrés.

Le pilote de l'avion les dépasse, elle entend :

– Hi ! New costumer ? Cute girl...

Elle ne comprend pas bien. Girl par-ci, girl par-là. Elle en déduit que dorénavant, elle sera une Girl, fini l'Ana Victoria !

Le contrôleur en uniforme leur fait signe de venir. Il l'observe. L'assistant social, Antony – elle se console, San Antonio est le patron des voyageurs, rien de mauvais ne pourra lui arriver. Antony donc, a pris ses papiers, les tend à l'agent. Celui-ci tamponne son passeport d'un geste brusque et elle se souvient alors de la ferme où elle a passé son enfance, avant d'aller vivre en ville. Le contremaître marquait d'un feu incandescent le bétail. Elle entend encore les râles des veaux et ferme fortement ses lèvres.

Dehors, il y a des « Welcome » et « Welcome ! » et sur les enseignes où de belles femmes semblables à son hôtesse embrassent des bouteilles de parfum, elle lit encore : « Welcome » et c'est si vivant, que dans l'air chaud de la salle des arrivées flotte une fragrance de pétales de rose.

– There ! Mrs Tundra. There ! Your Mother ! dit San Antonio-protège-nous-des malheurs !

Une femme, en fourrure. Près d'elle, un homme plus ou moins de son âge tient une pancarte dans ses mains : « Welcome – Bienvenida, Lily ! »

Alors qu'elle recule, par terre elle voit un petit papier transparent et froissé. C'est étrange, cette crasse, alors que le sol est si propre. Ana Victoria le ramasse. L'emballage vide d'un mazapán.

* *
*

Les autorités ont permis à Joyce d'attendre sa fille à la sortie de l'avion. Les yeux baissés, Ana Victoria Tundra s'avance, entourée par un employé de l'aéroport et d'une hôtesse de la compagnie aérienne.

Lily est de retour. Joyce serre contre elle le bouquet de roses acheté le matin pour elle. Quelques pétales tombent sur le carrelage. Peter le lui prend des mains :

– Va retrouver ta fille !

Elle s'approche d'Ana Victoria Tundra, de sa Lily, mais elle est paralysée. Elle est si grande, si belle. Joyce cherche dans ces traits ceux de la Lily d'antan, ainsi que ses mots. Incapable de trouver autre chose, elle lui demande si elle a fait un bon voyage, cherche à la prendre dans ses bras, mais la jeune fille la repousse.

– Ne t'inquiète pas. Elle est sous le choc, lui dit Peter à l'oreille. Cela ne s'est pas bien passé, quand on est allé la chercher. La police…

– On lui a fait mal ? Qu'est-ce que…

L'hôtesse lui tend un papier que Joyce signe, sans même le lire. Elle boit Ana Victoria Tundra des yeux. Lily. Ses yeux en amande ont légèrement changé de couleur, mais ses cheveux sont tout aussi blonds que dans ses souvenirs. Elle ne sait quoi lui dire, alors que la veille elle avait mentalement préparé des phrases toutes faites.

Dans le hall des arrivées, des journalistes ont planté leurs pieds de photo et les mitraillent. Ana Victoria se protège le visage des flashes.

– Viens. O'Higgins nous attend dans sa voiture, dit Peter. L'adolescente refuse la main que Joyce lui tend et accepte le bras protecteur de l'assistant social.

D'autres reporters les attendent à l'extérieur, là où son directeur a garé sa voiture.

– Comment tu te sens, Lily ?

– Que t'a dit ta maman, au Mexique ?

– Tu avais un petit copain là-bas, n'est-ce pas ?

– Qu'est-ce qui s'est passé pendant toutes ces années ?

On les bouscule.

– Rentrez vite, dit monsieur O'Higgins.

Joyce protège sa fille des journalistes en faisant barrière avec son corps. Elle est à nouveau mère. C'est son bébé et plus personne ne la lui prendra.

– Ça va ? On ne t'a pas blessée, Lily ?

– Je m'appelle Ana Victoria, Señora !

Son accent en anglais est horrible. Joyce a les larmes aux yeux.

Une fois dans la voiture, Joyce demande à Peter plus de détails sur ce qu'il s'est passé au Mexique.

– Les policiers sont venus la chercher à l'école. Ils ont été un peu brusques. Tu n'as pas vu les informations ?

– Un peu brusques ? Où étais-tu ?

– Je ne pouvais pas savoir. Je me demande encore pourquoi le juge de la jeunesse a changé d'avis. Nous avons fait tout notre possible.

Le regard d'O'Higgins sur lui ne lui échappe pas. Il sait qu'il devra s'expliquer. Il déteste les réunions avec son supérieur, ses réprimandes. Il en a assez de ce métier. Lorsqu'il l'avait choisi, il imaginait… Quoi au juste ? Devenir un héros, peut-être. S'il avait fait des études de détective privé, il aurait peut-être aujourd'hui un cabinet sur Hallewood Boulevard et beaucoup plus de succès. Aujourd'hui il n'était qu'un raté anonyme.

– J'ai une bouche, moi, je peux répondre moi-même ! Qu'est-ce que vous avez tous à me traiter comme un pantin ?

– Je m'excuse, L... Ana Victoria, dit Joyce, avant de prendre son iPhone.

Elle trouve la vidéo sur le site de CNN.

– Quelle horreur !

L'adolescente, assise à côté d'elle, regarde par-dessus son épaule. Joyce éteint rapidement son appareil.

– Je veux voir ! C'est moi ! C'est quand on est venu me chercher à mon école ! La police, quelle horreur !

– Je suis désolée, Lily.

– Ana Victoria ! C'est de votre faute ! Je veux descendre de cette voiture tout de suite.

Peter lui dit quelques mots en espagnol d'un ton apaisant et actionne la sécurité des portières. La jeune fille regarde Joyce avec méfiance, mais ne proteste plus.

– Je ne suis pas votre prisonnière !

– Je ne comprends toujours pas comment un juge de la jeunesse a pu permettre ça, insiste Peter ;

– Je vais écrire au Ministère de la Justice, dit Monsieur O'Higgins.

Joyce se tait. Elle ne veut pas avouer qu'un avocat mexicain, une connaissance de maître Mariner, a soudoyé le juge. Peu importe : Lily est avec elle. Une vie nouvelle commence.

Ana Victoria, les lèvres serrées, regarde à travers la vitre les immeubles qui défilent devant ses yeux. Peter conduit en silence, alors que monsieur O'Higgins tape nerveusement sur le clavier de son téléphone portable.

– Où est-ce qu'on est ? demande Ana Victoria.

– Sur la route entre Raleigh et Morrisville, la ville où j'habite. Ce ne sera pas long. Tu vas aimer, tu verras. Regarde, là ! Le centre commercial. Nous irons demain t'acheter des vêtements.

– Des vêtements, pour moi ?

Elle ouvre de grands yeux. Joyce est satisfaite. Lily a retrouvé sa mère, celle qui désormais veillera sur elle et satisfera à ses besoins.

– Bien sûr. Il faut t'habiller. J'ai tout prévu.

– Est-ce que je pourrai téléphoner à mes parents ? Je vais leur dire que je vais bien.

– Dès que nous serons chez nous, dit Joyce, sans laisser personne d'autre répondre à sa place.

Elle a insisté sur le *nous*. Est-ce que Lily va l'appeler un jour *maman* ?

– Tu as une photo de tes parents ?

Peter réagit :

– Je ne crois pas que ce soit le moment…

La jeune fille ne voit pas d'inconvénient. De son sac bariolé, qu'elle porte en bandoulière, elle sort une photo de famille. Un homme et une femme ordinaires, peau blanche et sourire insouciant. Voilà donc les visages de ces criminels à qui elle doit toutes ces années sans sommeil ? Elle se vengera.

– Vous êtes satisfaite, Mistress ? Vous avez vu ? Ils sont en prison ! À cause de vous.

Joyce ronge ses ongles. C'est injuste. Le monde à l'envers. Est-ce que Lily est consciente de ce qu'elle a vécu ? Il faudra parler, beaucoup parler avec sa fille.

Le trafic est dense à cette heure de la journée. Ana Victoria ferme les yeux et pose sa tête contre la vitre.

Peter espère que l'instinct maternel ne trompe pas Joyce. Pour l'instant, il n'a qu'une envie, rentrer chez lui et oublier le Mexique. L'autre nuit, Teresa était partie en lui laissant un mot sur le lit. *Merci. Ça a été merveilleux. On se voit à l'aéroport, pour ton départ.* Il s'était mis à espérer. Allait-elle les accompagner à Raleigh ? Mais Teresa n'avait aucune valise. *Au revoir Peter !* avait-elle dit, insouciante et légère. Lorsqu'il lui avait demandé quand ils se reverraient, elle avait ri, de la même manière que dans la chambre d'hôtel, lorsqu'elle le déshabillait. *Je te rappelle que je suis mariée !* Pour elle, il n'était qu'une passade.

Il dépose son patron chez lui, puis Joyce et Ana Victoria. Il disparaît rapidement, pour les laisser seules à leurs retrouvailles. Après un repas léger, Joyce installe la jeune fille dans sa chambre d'enfant et allume le projecteur chargé de vieilles diapositives avec des photos de famille.

Bientôt, les images de Richard et de Lily enfant apparaissent sur le mur blanc de la grande salle de séjour. Tout d'abord, Ana Victoria – Lily ? – regarde avec curiosité, mais très vite, elle détourne le regard.

– Je n'aurais jamais rêvé de faire un si beau voyage aux States de ma vie, Señora. Vous me gâtez, mais je ne crois pas que je sois votre fille. Maintenant, je vais me coucher.

La colère des premiers moments passée, elle continue à protester, mais elle le fait avec plus de douceur. Une avancée. Joyce s'acharne et fait défiler d'autres images.

– Là, c'est toi, à Disneyland. Et là, tu es avec Mickey.

– Je voudrais bien vous contenter, mais c'est impossible !

– Appelle-moi Joyce, je t'en prie.

– Madame McMillan, je peux me coucher, oui ?

Avant son départ, un soir de mai, Richard avait récupéré les diapositives des vacances à Isla Mujeres dans la corbeille à papiers, celles jetées par Joyce dans un accès de désespoir. *Tu seras contente de les avoir plus tard, crois-moi !*

Les photos apparaissent aujourd'hui striées de longues cicatrices blanches. Les derniers souvenirs de sa Lily.

Joyce a l'intention de tout faire pour regagner sa fille. Elle lui propose de l'emmener au restaurant.

– Je n'ai pas faim ! D'ailleurs, je ne mangerai pas tant que je ne serai pas rentrée au Mexique.

Vous savez ce que c'est une grève de la faim, Mistress ?

Joyce ne se démonte pas. Elle trouvera le moyen de gagner à nouveau sa confiance. Sa rentrée à l'école, en septembre, marquera le début d'un retour à une éducation normale. Dès que les résultats ADN confirmeront la maternité, tout s'accélérera : les démarches pour une ID Card, l'inscription, les cours de rattrapage scolaire. Aucun établissement de qualité ne refusera l'admission de Lily, après ce que la famille a enduré. Dans un premier temps, il lui faudra des cours particuliers d'anglais, une bonne remise à niveau. Lily le parle bien, mais son accent est atroce. Elle ose à peine imaginer son orthographe ! Pauvre chou, elle aura du mal à réussir le *State exam*. Peut-être faudra-t-il une année pour avoir la possibilité de le présenter à nouveau, car elle va le rater, à coup sûr.

Enfant, Joyce détestait l'école. Son plus vieux souvenir remonte à la première année primaire, à la Lady of Lourdes School. L'uniforme strict, avec des chaussures noires en cuir verni, les longues chaussettes blanches, la jupe grise plissée, la blouse fermée au col par un nœud papillon pas du tout féminin. Peut-être qu'en serrant si fort, on cherchait à empêcher les élèves de respirer librement et de penser par elles-mêmes. Elle était devenue une citoyenne américaine exemplaire et une catholique respectueuse de la Bible. Elle se remémore les moments où l'employée de maison l'aidait à serrer ce col, son haleine chaude à l'odeur de menthe, car elle mâchait en permanence un chewing-gum parfumé. Sa mère ne venait qu'à la fin, vérifier le résultat. Et que dire des nonnettes sadiques, des punitions dans le cagibi de la classe, parce qu'elle avait osé se rebeller, ou bien oublié de faire un devoir ?

Sa mère, une femme stylée respectueuse de la religion et des bonnes manières, avait elle-même fréquenté cette école, dont le bâtiment ressemblait plus à une prison qu'à un centre scolaire.

Aujourd'hui, sa mère se retrouve plongée dans le brouillard de l'Alzheimer. Lorsqu'elle avait commencé à chanter en pleine nuit, à déchiqueter aux ciseaux son couvre-lit et à rayer les appareils électroménagers à l'aide d'une fourchette, la maison médicalisée s'était imposée. La maison pour personnes âgées souffrant de maladies séniles était à taille humaine. Un grand patio ouvert en été accueillait des cages où des oiseaux chantaient. Des ateliers pour des activités diverses y étaient régulièrement organisés.

L'établissement qu'elle choisira pour Lily sera une *High School* moderne, de bon niveau. La clé d'une belle carrière, quoi qu'elle choisisse plus tard comme études universitaires.

– Je te prépare un sandwich. Si jamais tu as faim tout à l'heure…

– Tu n'aurais pas du papier dessin chez toi ? J'aimerais bien dessiner. Au Mexique, je suis des cours de peinture. Je suis en train de tout rater. Il y avait une exposition à la fin du mois. Tu me l'as fait rater.

Elle tourne la tête, mais Joyce l'a vue pleurer.

* *
*

Une plume jaune tombée sur la moquette. Le vent a dû la pousser à l'intérieur de la maison. Lucho la ramasse, souffle dessus, celle-ci finit par tomber dans le patio en zigzaguant.

Il ouvre la porte de la buanderie, là où chiffons, produits d'entretien et balais s'entassent. L'aspirateur au bras, il entre dans la chambre d'Hilaria. D'autres plumes jaunes et blanches flottent dans la cuvette du w.c. Il traverse le couloir, fonce sur le balcon. La cage de Toñito est vide. Il s'appuie contre la rambarde. Il a dû laisser le portillon ouvert et l'oiseau s'est échappé. La fenêtre du couloir est restée grande ouverte. Quelle négligence. Un oiseau si petit ne survivra pas à l'extérieur. Un chat le mangera, ou bien des enfants méchants le tueront avec une pierre. Comment va-t-il l'annoncer à Ixchel ? Il prend un chiffon en main. Le nettoyage. Il n'y a rien de mieux pour oublier ses problèmes.

À mesure qu'il passe l'aspirateur, l'oppression dans sa poitrine diminue. Peluche a laissé des poils partout. Comme Tigrín, à l'époque. Les poils du petit chat collaient partout, sur les vêtements, les rideaux, la moquette. La mère d'Hilaria adorait ce chat. Il venait se blottir entre eux dans le lit. Lucho avait beau protester, sa femme lui demandait de le laisser. *Il va nous tenir chaud* ! disait-elle en riant. Lui, il adorait sentir son ronronnement, lorsqu'il montait sur leur lit. Tigrín parti trop tôt. Lucho arrête le moteur de la machine, s'assoit sur un tabouret. Serait-il possible qu'Hilaria ait intentionnellement pu laisser cette cage, cette fenêtre ouverte ? Non. Ce n'est pas possible…

À l'époque de la disparition du chat, ils l'avaient cherché partout, collé des photos de la bête aux alentours de la maison. *Est-ce que quelqu'un aurait vu Tigrín ? Chat gris, rayé. Il a disparu dimanche, dans le quartier. Appelez-nous à ce numéro. Récompense !*

La même annonce que pour un enfant disparu !

Il avait demandé à Hilaria, encore jeune adolescente, où et quand elle avait vu le chat pour la dernière fois. Devant son insistance, sa fille avait fini par avouer : *Je m'en suis débarrassée. Je l'ai noyé dans la grande bassine où on bout les draps. Il a mordu mon petit cousin ! Un enfant d'un an. C'est très dangereux, à cause des bactéries. Il fallait que je le tue, que je le mette hors d'état de nuire. Ce n'est qu'un chat, vous n'avez qu'à en acheter un autre !* Sa fille et ses impulsions. Elle lui avait montré la tombe grossière, un petit monticule de terre et de branches. Au fond de la courette derrière la maison, sous le pommier. Trop horrible. Et maintenant Toñito le canari ? Il espère se tromper. Le soutien de sa femme lui manque. Elle réussissait à calmer leur fille et le rassurer. Sa femme était coquette, mais elle était une bonne mère, travailleuse et responsable. Elle était morte à une fête de quartier alors qu'Hilaria venait d'avoir quatorze ans. Une bagarre avec son frère. Il avait menacé avec une bouteille cassée le voisin avec qui elle dansait. Elle aimait tant danser et lui, il était un piètre danseur ! Il lui aurait pardonné, mais pour son frère, c'était une humiliation. Le choc de la bagarre avec été de trop pour elle. Une attaque cardiaque.

Il s'était retrouvé tout seul avec Hilaria. Hilaria qui avait inventé on ne sait quelle histoire de meurtre.

Cette enfant va mal, Lucho. Tu devrais la faire examiner par un médecin. Il pourra te dire… lui disait Lourdes. Celle-ci avait raison : depuis la mort de sa mère, Hilaria avait commencé à avoir de vrais problèmes, à imaginer des choses – l'assassinat de sa mère, rien que ça ! Et puis cet amour démesuré pour les enfants, la maltraitance des animaux. *Ça lui passera, tu verras. L'amour peut tout* ! avait-il répliqué à tous ceux qui osaient le prévenir. Il a toujours préféré fermer les yeux.

Peluche arrive, vient frotter sa tête contre ses jambes. Il est toujours là quand Lucho va mal. Comme s'il flairait la détresse. *Qu'est-ce que j'ai fait de mal ? Dis-moi, Peluche. J'ai toujours fait de mon mieux, depuis toujours.* Le chien a eu droit à son toilettage la veille. Son pelage ressemble à la moquette toute nouvelle qu'Hilaria vient de faire mettre chez Ixchel. Il ferme les yeux, les rouvre et pose sa tête sur ses genoux. Lucho se rebiffe. *Et si tu partais en vacances ? Je connais une maison qui te plaira.* Le chien, avec son instinct de chien, le regarde en gémissant. *Fais pas cette tête, mon chien. Je te dis que tu seras mieux qu'ici. Tu le sais, n'est-ce pas ? Tu es un chien très malin.* Il se dirige vers le salon. Le jeune Jorge, le garçon de la cité, lui avait dit que sa maman adorait les bêtes. Ils ne refuseront pas de le prendre pour un temps. Reste à savoir ce qu'il dira à Hilaria. Et à Ixchel. Il s'est échappé, oui, c'est ça. La nuit lui portera conseil. Elle ne lui a jamais fait défaut, même dans les pires moments des crises de colère de sa fille, ses absences prolongées ou ses caprices fous.

Je n'ai peut-être pas réussi mon travail de père, mais je vais essayer de limiter les dégâts.

Lorsqu'Hilaria rentre, Lucho n'ose pas lui parler du canari. C'est un de ses mauvais jours, ceux où sa fille ne dit pas un mot, ni ne la regarde. Un jour sans.

– Tu as mangé chez Felix ?

– Je n'ai pas faim. Où est Ixchel ?

– Tu sais bien, à l'école. Elle a entraînement jusque tard ce soir.

– J'espère que ce n'est pas encore une fois une de tes entourloupes pour que ma fille se perde ! Je vais téléphoner à l'entraîneur et si tu me mens, tu auras de mes nouvelles !

Hilaria fonce dans sa chambre, claque la porte.

Demain, ça ira mieux. Je vais la laisser se reposer. Il n'y a rien qu'une bonne nuit de sommeil ne puisse arranger !

* *
*

Une odeur de pain sucré et de parfum flotte dans l'air. *Carolina Premium Mall* est le jumeau de n'importe quel autre centre commercial aux États-Unis. Les marques, les vitrines, les vendeurs qui font une pause devant leurs boutiques. Certains portent une blouse orange, d'autres, les employées des magasins de luxe, de hauts talons, des vêtements d'une élégance déplacée dans le contexte d'un quotidien familial. C'est la première fois depuis longtemps que Joyce fait des courses *en famille.* Elle se fraye un chemin parmi les passants, nombreux un samedi après-midi. Ana Victoria la suit, s'arrête parfois, curieuse devant une devanture ou une autre.

Blueberry a changé sa vitrine depuis la dernière fois. Les imperméables sont de retour sur les mannequins.

La plupart des vêtements Blueberry sont bleus. Le bleu, c'est bien. Bleu de toutes les mers et de tous les ciels. Le bleu signifie l'ordre dans le chaos, l'équilibre dans l'instabilité. Joyce déteste les mélanges de couleurs disgracieux. Le bleu est passe-partout. Élégant. Joyce est toujours habillée en bleu, été comme hiver. D'ailleurs, la veste qu'elle porte aujourd'hui est bien dans les tons pastel-azur. La vendeuse de la boutique la connaît bien.

– Mrs McMillan, soyez la bienvenue ! Vous êtes accompagnée aujourd'hui.

– Oui, c'est ma…

Le regard de *Lily-Ana Victoria* est une porte fermée et Joyce comprend, elle ne doit pas encore l'appeler sa fille. *C'est trop tôt, Joyce. Je voudrais être sûr qu'elle est ta fille, avant que tu ne le cries sur tous les toits,* lui répète inlassablement Peter.

– J'ai une jeune visiteuse qui voudrait refaire sa garde-robe. Elle vient du Mexique.

– Refaire ma garde-robe ! Quel grand mot ! dit la jeune fille.

Son ton sarcastique n'échappe pas à Joyce, mais elle ne montre pas son agacement. Cela ne fait que trois jours que Lily-Ana Victoria – oh ! comment doit-elle l'appeler ? – est là et elle commence à s'habituer à ses moqueries, ses manières grossières pour se faire remarquer devant des inconnus.

– Si je peux faire quelque chose, n'hésitez pas.

La vendeuse parle un espagnol parfait et elle a visiblement plaisir à le pratiquer.

– Oui. La demoiselle aurait besoin de…

– La demoiselle peut demander les choses elle-même ! Je ne connais pas ma taille américaine… au Mexique, je fais du 7.

Tandis que la vendeuse entoure la taille d'Ana Victoria avec le mètre, Joyce promène son regard autour d'elle. La mode est toujours aux lignes simples et droites. Pantalons et jupes de qualité sont exposés sur les présentoirs en bois brillant.

– Un pequeño 7 Señorita. Es lo mismo aquí en América.

En un coup d'œil, la vendeuse fait un pari sur les goûts de la jeune cliente et lui apporte quelques pièces.

– Regarde, ma puce. Que dirais-tu d'une jupe grise avec une blouse blanche ? demande Joyce.

Ana Victoria croise les bras et soupire.

– On dirait que je vais entrer au couvent ! C'est horrible.

Un couvent ? L'étiquette de la jupe indique cent vingt dollars. Comment une religieuse pourrait se payer une pièce pareille ?

– Je ne vois pas ce que tu veux dire.

– C'est ça le pire !

La jeune fille hausse les épaules et soupire, excédée. Elle se dirige vers le fond du magasin. La vendeuse baisse le regard avec discrétion, essaye d'arracher un fil invisible à son pantalon.

Au bout d'un moment, la jeune fille revient les mains dans les poches et la démarche nonchalante.

– Est-ce qu'on peut se tailler d'ici ? À quoi bon perdre son temps ?

Joyce se confond en excuses envers la vendeuse. Celle-ci lui dit qu'elle a une fille adolescente.

– Il faut que jeunesse se passe.

Joyce la remercie d'un sourire. Une fois à l'extérieur, elle se ressaisit, prend une grande respiration.

– Nous pouvons aller chez Ralph Lauren ! C'était le magasin préféré de ma mère, avant qu'elle ne tombe malade…

– Ça promet ! J'ai quinze ans, moi !

Dans la seconde boutique, Joyce reprend son enthousiasme. Pourquoi pas quelque chose dans le style sport ? Ana Victoria accepte d'essayer le polo crème qui arbore le petit logo de la marque sur la poitrine.

– Tu es très belle ! Lorsque tu reprendras l'école, ce polo te sera très utile ! La coupe te va bien. Je pourrai t'en prendre deux autres dans d'autres couleurs unies.

La pâleur de la jeune fille ne lui échappe pas.

– Qu'est-ce qui t'arrive ? Tu pleures ?

– Je ne pleure pas.

Joyce l'invite à s'asseoir, lui sert un verre d'eau de la fontaine mise à la disposition des clients.

– Dis quelque chose, ma belle !

– Pour quoi faire ? Tu vas être vexée. Ma maman, au Mexique, elle me connaît ! Elle me donne de l'argent, quand il y en a, et je vais au centre commercial avec mes copines ! Je n'ai pas besoin de trente-huit mille vêtements qui se ressemblent, j'ai juste besoin de quelque chose qui me plaît !

– Je croyais que…

– Depuis trois jours tu crois tout. Je m'excuse, mais ces boutiques, ce sont des boutiques de vieux. Regarde cette mémère qui rentre. Elle est aussi vieille que Mathusalem !

Joyce lui fait signe de baisser la voix. Ana Victoria se lève, renverse le verre d'eau qui tenait en équilibre sur son genou. Un vendeur s'approche d'elles et leur fait signe de ne pas s'inquiéter.

– Je n'aime pas les couleurs unies ! Moi, mon rêve, c'est un vêtement de chez *Desigual*. Mais tu ne connais certainement pas ! Tu es toujours habillée de couleurs sombres, ma parole ! Tu es en deuil ou quoi ? On rentre ? Je voudrais téléphoner à *ma mère*. Mon petit frère me manque. Personne n'a pensé à lui !

Elle sort en trombe de la boutique en laissant par terre le polo en boule.

Joyce sort un kleenex et essuie une larme, avant de sortir rejoindre l'adolescente qui l'attend dans le couloir en tapant nerveusement du pied.

– Je connais *Desigual*. Les nièces d'une amie achètent ces vêtements-là. Il y a une boutique dans ce centre commercial. Je t'y emmène.

Elle se faisait une joie d'habiller complètement sa fille, et voici que le moment s'est révélé pénible. Puisque sa fille veut s'habiller en clown, soit ! Tout sera mieux que ce jeans déchiré et cette blouse trop moulante qui attire le regard de chaque mâle qui passe.

Chez *Desigual,* Joyce demande à la vendeuse, très jeune et habillée exclusivement avec des vêtements de la marque, d'accompagner la jeune fille et de l'aider. Ana Victoria a oublié sa mauvaise humeur et prend trois pièces sans hésiter. Bientôt, les bras chargés, elle rentre au vestiaire.

– Tu veux que je te regarde ?

– Surtout pas ! Je vais me débrouiller toute seule.

Joyce serre les dents. Elle n'en peut plus de ces humiliations. Dès que le papier de la filiation sera là, elle prendra les choses en main. Mais quelle éducation elle a eue, cette jeune fille ? Une véritable catastrophe. Les robes exposées sont horribles. Ces couleurs font mal aux yeux. Joyce pense aux rideaux des années soixante-dix. Tiens ! Est-ce que ce pantalon n'est pas du même tissu que les rideaux à la maison de retraite de Caroline ? Les mêmes cercles arc-en-ciel qui donnent le tournis.

Elle s'assoit sur une banquette, avec une folle envie de boire un café. Peter leur a donné rendez-vous dans une heure au café, pour faire le point. Il l'avait prévenue que ce serait difficile. Une adolescente kidnappée garde fatalement des séquelles. Il paraît que les victimes d'un enlèvement restent à jamais attachées à leurs kidnappeurs. Mais quelle sera donc sa place de mère ? Car elle est sa mère, il faudra le faire comprendre à cette têtue.

Elle invite Ana Victoria à s'asseoir au Starbucks, où elles attendront Peter. Sa fille joue avec la paille enrobée de milk-shake et observe les passants. Au bout de quelques instants, elle regarde avec dégoût son verre à moitié plein et le met de côté.

– C'est quoi, tous ces gros ? Ils se sont donné rendez-vous ici, ma parole ! Regarde cette femme ! Il lui faudrait une deuxième chaise pour s'asseoir.

– Tu exagères. Tiens, regarde, j'ai quelque chose pour toi.

Joyce sort un prospectus qu'elle pose devant les yeux de la jeune fille. Celle-ci prend le catalogue avec méfiance.

– Weddington ? Un collège ?

– Oui, près de la ville de Charlotte. Très facile à joindre en voiture. Tu auras ta voiture. D'ici un an, tu pourras obtenir ton permis de conduire provisoire.

Peter arrive, alors qu'Ana Victoria ouvre la brochure. Joyce pousse les achats pour permettre à l'assistant social de prendre place à côté d'elle.

– Bonjour, Mesdames. Excusez mon retard ! Qu'est-ce que c'est ?

– Une école, dit la jeune fille, enthousiaste. On fait du théâtre et de la musique. Il y a aussi un atelier d'arts plastiques !

Peter secoue lentement la tête. Bien sûr, il fallait s'y attendre. Peter n'est pas content. Après tant d'années à rechercher Lily coude à coude, Joyce a appris à le connaître. Ce sont les paquets, trop nombreux, qui doivent sûrement le choquer, lui qui s'habille toujours pareil.

– Quel est ton problème, Peter ?

– Oh ! J'en ai pas mal. Pour l'heure, tu ne penses pas qu'il un peu trop tôt pour tout ça ?

Et ces paquets ! Enfant, Ivy n'avait pas beaucoup de vêtements. Elle devait économiser pour s'acheter un jeans, et celui-ci, elle le gardait longtemps, mais les gens aisés ne peuvent s'empêcher de montrer leur affection par des objets coûteux. Si jamais Ana Victoria n'est pas Lily McMillan, la chute sera très dure pour la jeune fille. Pourquoi lui bourrer la tête d'illusions ? Il essaie de se mettre dans la peau de l'adolescente. Elle n'arrête pas de répéter qu'elle veut rentrer, mais d'un autre côté, issue d'une famille modeste, on lui agite le paradis sous le nez.

– Attends quelques jours avant de décider quoi que ce soit.

Les analyses ADN. Peter n'a que ça en tête. Elle sent la chaleur monter dans ses joues, alors qu'Ana Victoria lui rend la brochure.

– On verra ça plus tard ! Peter a raison. Lorsqu'on saura si je suis votre… ta fille.

Il y a beaucoup de bruit, alors ils se parlent presque en criant. Peter déteste ces endroits, préfère faire ses courses dans son quartier, là où les patrons lui disent *Salut Peter, ça baigne ?*

– Je peux faire un saut chez *Banana Republic* ? S'il te plaît !

La jeune fille partie, Peter commande un café.

– Ne dis rien, Peter. Je ne veux rien entendre.

– Je dois faire mon travail. Il y a beaucoup de chances que ce soit elle, mais dans le cas où…

– Tais-toi, Peter !

– D'accord ! De toute façon, il y a autre chose qui me tracasse. Je suis en contact avec Donaldson. Monsieur O'Higgins envisage de porter plainte contre les autorités mexicaines. Le juge de la jeunesse est allé trop loin… Je cherche à savoir pourquoi tout est allé si vite. C'est le tiers-monde, d'accord, mais comment peut-on laisser partir un enfant sans avoir procédé aux tests ADN sur place ? Je ne me l'explique toujours pas !

Porter plainte. Si Peter apprend pour l'avocat et le pot-de-vin, il ne le lui pardonnera jamais.

– Je ne vois pas pourquoi on porterait plainte ?

– Je ne comprends pas, Joyce. Tu te plaignais de la brutalité de la police, et maintenant tu ne veux pas savoir ce qui s'est passé ? Ok, je sais que ça t'arrange d'avoir pu recevoir Ana Victoria assez vite, mais cette histoire des tests hors de son pays, c'est étrange. On se croirait en Afrique, ma parole !

– Je ne veux pas aller plus loin avec cette histoire.

La voilà en plein. Contradictoire et capricieuse.

– Cette histoire est réglée. J'ai besoin d'énergie pour retrouver pleinement ma fille.

– J'aurais préféré que tu portes plainte. Peut-être plus pour Ana Victoria, mais pour l'avenir d'autres enfants.

– N'insiste pas.

Il y a de plus en plus de monde au centre commercial. Il déteste les marées humaines. Il a hâte de partir.

– D'accord Joyce, mais j'y reviendrai. Tiens ! C'est très joli, ça. Qu'est-ce que c'est ?

– Cette serviette ? Un dessin de Lily. Elle n'arrête pas de faire des esquisses sur chaque petit bout de papier qu'elle trouve. Elle est douée. Bizarre, chez moi il n'y a jamais eu d'artistes.

– Je ne voudrais pas être trop dur, mais je dois te le dire. Dans l'éventualité où Ana Victoria… Oui, ne proteste pas, tant que ce n'est pas prouvé, Ana Victoria reste Ana Victoria, pas Lily. Si jamais elle n'est pas ta fille, il faudra se tenir prêts. Plus je l'observe, plus je me dis…

– Ça ne veut rien dire ! Beaucoup d'années se sont écoulées. Elle a vécu au Mexique, forcément, elle ne me ressemble pas. Elle a reçu une bien piètre éducation.

– Tu exagères.

Elle attrape le verre en carton que Lily a fait marquer du prénom *Ana Victoria* et rajoute une cuillère de sucre.

– Si ce n'est pas *ma* fille, je lui laisserai ses achats en cadeau.

– Encore heureux !

Joyce a fini le verre, cherche sa fille des yeux. Cet homme, son regard sur elle, intense, la gêne. Il voudrait être gentil, elle le sait, mais la gentillesse, elle a du mal. L'île mexicaine lui a collé à la peau. Un grain de sable s'est glissé dans le mécanisme bien huilé de son existence. La machine s'est affolée : elle a perdu les mots aimables, une amnésie au langage des hommes. Elle se sent seule, malgré la présence de sa Lily. Quelle déception. Les kidnappeurs, ses soi-disant parents, lui manquent. Elle les appelle tous les jours à la même heure. Peter a raison, on s'attache à son bourreau. Le syndrome de Stockholm ! On a relâché le couple, après qu'elle ait abandonné la plainte. Elle l'avait promis à Lily. Elle lui a promis aussi de lui permettre de revoir ceux qui l'ont élevée. De plus, la jeune fille est en excellente santé. Dieu sait pourtant que l'envie de leur faire payer est grande ! Mais Lily ne lui pardonnerait jamais cette vengeance.

– Ce que je voulais dire, Joyce, c'est qu'à cet âge-là, on est fragile.

– Je sais. Mais pour l'école, il faut s'y prendre à temps, autrement elle n'aura plus de place.

Joyce et son besoin de contrôle. Peter n'aime pas ça, mais il ne peut s'empêcher d'admirer sa beauté. Même avec ses cheveux courts en désordre, même avec le dessus des lèvres qui a gardé la marque de la glace à la vanille du milk-shake. Il pense aux statues égyptiennes, à leur grâce immobile. Les ombres noires sous ses yeux clairs lui parlent de ces nuits blanches où elle doit se questionner, malgré son apparente assurance. À moins qu'il y ait un homme dans sa vie. Alors, il l'imagine au lit avec un autre et se découvre jaloux. Non. C'est impossible. S'il y avait un homme dans la vie de Joyce, il le saurait. Un homme aurait pris le combiné, lors de ses fréquents appels depuis les deux dernières semaines.

– Tu as eu beaucoup de stress dernièrement. Si on sortait tous les deux ? Je veux dire, sans Ana Victoria. Juste un soir. Pourquoi pas au cinéma ? Qu'est-ce que tu en penses ?

Après douze onze longues années, il a enfin osé l'inviter à sortir. Le temps est passé très vite. Il voit encore la Joyce du premier jour, à Isla Mujeres, les yeux gonflés de larmes, épuisée. SOS Enfants en danger avait été autorisée à accompagner la brigade anti-enlèvement envoyée dans le Yucatán. *Aidez-moi, le suppliait-elle. Personne ne veut m'aider ! Ils disent qu'ils font tout pour la retrouver, mais c'est un mensonge ! Tout le monde s'en fout.* Cette mère n'a pas beaucoup changé. Si : une lueur est revenue dans ses yeux depuis qu'Ana Victoria a débarqué de l'avion. Si ce n'est pas Lily, ce sera la fin du monde. Il préfère ne pas penser à cette éventualité.

– On pourrait aussi aller se promener au lac. Crabtree est magnifique en cette saison.

C'est ridicule. Il ressemble à ces ados maladroits dont il s'occupe.

Elle rit.

– On a passé l'âge !

– D'aller au parc ?

– Des rendez-vous galants !

Peter se redresse sur son siège, renverse son café. Il se confond en excuses, éponge le gâchis avec des serviettes, puis il regarde sa montre, essaye de prendre un air désinvolte.

– Je comprends que tu veuilles passer le plus de temps possible avec Ana Victoria… Lily. J'ai un rendez-vous. Si jamais tu as envie de te changer les idées, appelle-moi.

– Oui, c'est peut-être une bonne idée. Je verrai dans mon agenda.

Peter disparaît dans la foule. Un rendez-vous un samedi soir, alors qu'il porte une chemise froissée, et de vieilles chaussures. Ce n'était qu'un prétexte pour s'en aller. Elle a peut-être été trop franche. Elle se mord la lèvre au goût de vanille. Elle sort de son sac un petit miroir, constate sa bavure, s'essuie. Elle se lève. Direction la boutique où Ana Victoria s'attarde. Sa mère disait, alors que leur voisin se plaignait de ses misères : *Ah !*

Mon bon Monsieur, si vous portez une croix de bois, moi j'en porte une en fer ! Aujourd'hui, le poids devient trop lourd. Combien de jours encore à attendre les résultats des analyses ? Et si elle payait pour les avoir plus vite ? Non. Cela ne marche pas ainsi aux États-Unis.

Dans le centre commercial bondé, il y a un remous et des pleurs d'enfant. Joyce ne voit pas ce qui se passe, à cause de la foule agglutinée. Il provient du couloir qui fait face au Starbucks. Elle aperçoit alors un homme qui tire par le bras un petit de cinq ou six ans. Plus l'enfant braille, plus son père s'énerve. Soudain, celui-ci gifle le petit. On entend un Oh ! choqué du public autour. Peter apparaît du fond du couloir. Il fonce vers l'homme et le pousse en arrière. L'enfant, surpris, arrête de pleurer. Le silence s'installe dans l'arène improvisée. Le père de l'enfant, à quelque deux mètres de Peter, fulmine. Il porte un costume élégant et une cravate. Peter s'approche de lui, lève le poing, prêt à le frapper.

– On ne doit jamais faire de mal à un enfant ! dit-il.

– Police ! Faites venir la police, ils vont s'entre-tuer ! crie une femme.

Deux agents surgissent. L'un attrape le bras de Peter, tandis que l'autre immobilise l'homme au costume. Se libérant de l'emprise de l'agent, l'homme lisse sa veste, tire sur ses manches et prend – cette fois-ci avec douceur – la main de l'enfant.

– Ça va ! Ce n'est pas la peine de faire tout ce foin !

La foule autour applaudit Peter. Joyce a été témoin de toute la scène, mais l'assistant social s'éloigne sans se retourner. Est-ce qu'il l'a vue ? Le public le laisse passer en formant une haie d'honneur. Peter marche, triomphant, vers la sortie.

* *
*

Sa fille s'obstine à faire preuve de mauvaise volonté, malgré tous les cadeaux qu'elle lui offre. Joyce a suffisamment donné, il faut que ça s'arrête. Elle aura une discussion franche avec elle. Un filet de lumière filtre de sa chambre. Ana Victoria ne dort pas encore, probablement trop excitée après la journée de disputes au centre commercial. Elle ouvre la porte. Sa fille s'est installée sur une couche épaisse de journaux. Assise, un pot ouvert à côté d'elle, elle peint avec les doigts. Joyce ne dit rien, s'approche d'elle doucement, pour ne pas l'effrayer.

– Tu pourrais frapper avant d'entrer. C'est comme ça aux États-Unis ?

– Sorry… Je pensais que tu dormais. Je peux voir ?

La jeune fille acquiesce.

– Tu aimes bien ? C'est un singe. Il y en a dans la jungle au Mexique, mais Frida Kahlo en avait un chez elle, domestiqué. Tu connais Frida Kahlo ?

– Oui ! Une grande exposition est passée par ici. Frida est une artiste qui a beaucoup souffert. Ses peintures sont cruelles.

– Le singe représentait sa solitude.

– Tu aimes bien peindre ?

– Oui. Je te l'ai déjà dit. Je prends des cours après l'école. J'aimerais bien en faire mon métier.

– On ne peut pas vivre de l'art.

– C'est ce qu'on dit. Mais moi je m'en fous. Si on est le meilleur, on arrive toujours à gagner sa vie. Il n'y a pas que les banques et les commerces pour travailler.

Il est tard. Joyce n'a pas la force de la contredire. Lily aura une bonne école. Elle est persuadée que voir d'autres horizons l'aidera à mûrir.

– Il y a une manifestation pour les droits des femmes demain, Joyce. On y va ?

– À une manifestation ? Hors de question !

– Pourquoi ? Je ne peux pas encore voter, mais j'ai l'habitude d'aller manifester chaque fois qu'il le faut.

– Tu n'as pas encore de papiers de résidente. Si la police fait un contrôle, nous aurons toutes les deux des problèmes.

– On ne va pas me contrôler parce que je dis ce que je pense !

– Si, justement. On ne peut pas changer le monde. Quand on est jeune, on croit qu'on peut. Moi, j'ai appris qu'il est trop tard. Il faut laisser les autorités faire leur travail.

– N'importe quoi. Aucun gouvernement n'est parfait ! Tu n'as qu'à voir ce que le mien m'a fait ! J'ai été kidnappée dans ma propre école ! Et pour le labo… tu crois qu'au Mexique, il n'y a pas des gens capables de faire des tests pour voir si je suis ta fille ? Nous avons des universités, je te signale.

– Je suis désolée, Ana Victoria.

– Moi, je ne baisserai jamais les bras. Ce qui me branche, c'est l'art. Le mari de Frida Kahlo, Diego Rivera, peignait la révolution. Et il allait manifester. Chaque grain de sable compte. Si tu t'avoues vaincue devant l'injustice, il vaut mieux mourir.

– Je te promets que nous irons manifester dès que tu auras tes papiers.

Quand elle était jeune, Joyce manifestait, mais par la suite, accaparée par son travail et son mariage, elle avait cessé de protester. Ses vieux amis aussi. Elle se demande ce que le petit groupe de la fac, si soudé à l'époque, était devenu. Et si elle les cherchait eux aussi sur Facebook ? Ce serait bien de revoir ses amis de l'époque.

– On pourra quand même regarder les informations à la télé ?

– Demain. Si on allait dormir maintenant ?

– Pas grave. Je verrai ça sur internet. Ok pour dormir, mais tu me laisses parler à mes parents d'abord. Dis-moi, est-ce que je pourrais acheter plus de peinture demain ? J'ai vu un magasin pas mal à trois rues d'ici.

Il y a dans le regard qu'Ana Victoria-Lily jette encore à son œuvre quelque chose d'émouvant. Ça, et les taches vertes dans ses cheveux.

– Tu peux téléphoner, bien sûr. J'ai une bouteille de démaquillant dans la salle de bains. Ou tu préfères prendre une douche ?

Hilaria

– Éteins cette musique ! Je vais devenir sourde, ma parole !

Ixchel quitte son lit à contrecœur, les cheveux dans la figure, son training froissé. Elle est encore au lit à cette heure de la matinée. Depuis quand je ne me suis pas levée aux aurores, moi ? Ces ados sont sans gêne.

– Il y a des morceaux qu'on ne peut apprécier que très fort. Tu n'y connais rien, maman.

– Tu baisses le ton, jeune fille !

– Je n'ai pas crié. Au fait, tu étais au courant ? Toñín s'est envolé…

– Tant mieux. Sale oiseau. Il commençait à chanter trop tôt le matin et la voisine est venue se plaindre parce qu'il réveillait son bébé. Le hasard fait bien les choses.

– La voisine exagère. Un chant d'oiseau, ça berce un enfant…

Je fais semblant de ne pas l'entendre, me penche pour ramasser un foulard par terre. Je viens de passer ma journée à ramasser des chiffons pour gagner ma vie et quand je rentre, ça continue. Une histoire à n'en plus finir. Je m'assois sur le lit défait. Avec les adolescents, encore plus qu'avec les personnes âgées, il faut s'armer de patience. Arrogants, trop sûrs d'eux, prêts à conquérir le monde, alors que le simple fait de ranger leur chambre est déjà trop difficile. La seule bonne nouvelle, c'est que râler me détend après tout. Quand je longe la prison d'en face, cela me fait flipper. Il n'est pas question que j'y devienne pensionnaire ! Il faut que je réfléchisse froidement. Si je me décidais enfin à déménager ? Partir dans une autre ville serait salutaire pour tous les trois.

– Ça s'est bien passé à l'école ?

– Tout le monde parle d'Ana Victoria Tundra. La fille kidnappée qui est réapparue. Tu es au courant ? Comme tu ne vois jamais les infos…

Bien sûr, il fallait s'y attendre. Il faut étouffer cette histoire, coûte que coûte.

– Les faits divers ne m'intéressent pas, et toi, tu devrais t'occuper d'autre chose.

– C'est quand même fort ! On a pris une fille dans son école simplement parce que les Américains l'ont décidé ainsi. Tu imagines ? Si demain la police débarquait ici et te disait : *Votre fille n'est pas votre fille, on l'embarque en Russie ! Sans tests ADN, sans preuve, on verra après !*

– Tais-toi !

Ixchel me regarde effrayée.

– Pourquoi tu te mets dans des états pareils, maman ? Ce n'est qu'un fait divers.

Il faut absolument me dominer ou je cours à la catastrophe.

– Je suis désolée. Je suis éreintée. Parle-moi plutôt d'autre chose. Je travaille beaucoup et j'ai besoin de me distraire.

– Pour le reste, comme d'hab…

– C'est-à-dire ?

– Un garçon s'est encore moqué de ma manière de m'habiller. Pourquoi tu ne me laisses pas aller faire les boutiques avec mes copines ? Je n'aime pas attirer l'attention.

– Je ne vois pas où est le problème. Tu devrais être contente de recevoir tous ces cadeaux ! Il y a des enfants qui n'ont rien. Ceux qui n'ont pas de parents, par exemple.

Ixchel ne répond pas. Cette conversation, on l'a déjà eue de nombreuses fois. Je lui répète tout le temps qu'elle a de la chance d'avoir une maman.

– Je viens d'avoir une idée, Ixchel. Qu'est-ce que tu dirais si on partait toutes les deux en week-end ?

– Quoi ? Toi et moi ?

– Qui d'autre ? Et qu'est-ce qu'il y a d'exceptionnel à ça ?

– Ben, on ne se promène jamais ensemble, alors partir !

– Ce n'est jamais trop tard. Rien que toutes les deux. Je pourrais me faire remplacer au boulot. Trois jours. Nous pourrions aller dans le centre de vacances de Oaxtepec, par exemple. Le soir, on s'offrirait un restau. Ils font des bons prix, car c'est la basse saison.

– Et l'Abuelo ?

– Il a besoin de repos. Il restera ici pour arroser les fleurs et donner à manger au chien. Au fait, où est-ce qu'il est ? Je ne l'ai pas vu ce matin.

Ixchel soupire. Je vois bien qu'elle n'a aucune envie de partir avec moi. Elle remet ses écouteurs.

– Eh ! Je te parle !

Je lui arrache les écouteurs. Ixchel ne réagit pas, se contente de les déconnecter de son portable et de les enrouler autour de sa main.

– Je travaille pour te nourrir, t'offrir cet appareil. La moindre des choses, c'est que tu m'écoutes quand je te cause.

– C'est l'Abuelo qui me l'a offert !

– Quoi ? Répète ce que tu viens de dire, j'ai dû mal entendre ! Je passe ma vie à me sacrifier pour toi, et tu me remercies comme ça ? Ingrate. Je me demande parfois pourquoi je t'ai…

– Tu m'as quoi ?

Prudence ! La fatigue me fait perdre contrôle.

– Rien. Demande pardon ou je te prive de ton sport pendant un mois.

– Nous sommes en plein championnat ! Tu ne peux pas me faire ça.

– Oh, que si, je peux !

– Je te demande pardon, maman.

– C'est mieux.

– J'ai un match samedi.

– Il n'y a pas de remplaçante ?

– Si, mais seulement en cas de force majeure. Pas parce qu'on préfère aller se balader.

– Il n'y a pas de mais qui tient.

– C’est l’entraîneur qui va être content…

– On se fout de celui-là. Il est payé pour faire son travail.

– Et il y a l’Abuelo ! J’ai du mal à le laisser. Il est âgé, il a besoin de compagnie. Si on part sans lui, il va tourner en rond. Et s’il lui arrivait quelque chose ? Tu as pensé à ça ?

– Qu’est-ce que tu veux qu’il lui arrive ?

– L’autre jour, il a eu un malaise.

– Il peut appeler une ambulance. Il n’a pas besoin de vacances, il se repose toute l’année. Qui travaille la nuit ? Qui rapporte l’argent à la maison ? Tout le monde a l’air de l’oublier. Je ne te demande que trois malheureux jours. Je suis sûre que tu avais encore prévu une virée samedi, après le match. Tu crois que je ne le sais pas, que tu sors dès que j’ai le dos tourné ? Et ce garçon que tu avais invité à la maison l’autre jour ? C’est qui ?

– Jorge ? Un garçon du groupe de la paroisse. Il aide grand-père à gérer le local.

– Et maintenant, tu veux commencer à embrasser un garçon. Je ne veux pas que tu perdes ton temps. Je t’interdis de le revoir. Occupe-toi plutôt de moi et de tes études.

– Qui a dit qu’on s’embrassait ? On parle beaucoup. Toutes mes copines ont des copains et leurs mères ne les embêtent pas pour ça ! Les mères doivent avoir une vie à elles ! Cherche-toi quelqu’un.

Les adolescents sont d’une insolence et d’un égoïsme extrême ! D’un égoïsme tel, qu’ils le revendiquent. Je me sens à bout de forces, mais je dois marquer le coup.

– Tu es privée de sortie pendant deux semaines, Ixchel.

– Pourquoi ? Qu’est-ce que j’ai encore fait ?

– Tu veux que j’aille courir les hommes, maintenant, pour me tenir loin de toi ? Ce n’est pas moi qui ai passé des nuits blanches à te soigner quand tu étais plus jeune et que tu étais malade ? Qui passe des nuits sans dormir, à t’attendre quand tu vas dans ces foutus concerts ? Je vois que tu ne sais pas répondre. C’est dangereux de sortir la nuit, mets-toi ça dans la tête. Il n’y a que des dépravés dehors à cette heure-là. Je te l'ai déjà dit des milliers de fois, mais toi, tu ne m'écoutes pas. Quinze jours sans sortir, jeune fille. Cela te remettra les idées en place. Un homme dans cette maison. Il manquerait plus que ça.

– Maman !

– Si tu ne veux pas de punition, tu viens au centre de vacances avec moi. J'ai besoin d'air et de compagnie.

Je me lève et claque la porte derrière moi. Je suis *la mère*, l'autorité. Ixchel finira par accepter de partir avec moi. Le centre de vacances de la Sécurité sociale offre des courts séjours avec pension complète, à la campagne. J'ai tellement besoin d'être loin de ces journaux à sensation, de ces télévisions qui me harcèlent partout où je vais !

Depuis que j'ai appris cette histoire d'Ana Victoria Tundra, je n'arrive plus à dormir. Même si je reste persuadée qu'il n'y a aucun danger d'être découverte, j'ai un drôle de pressentiment. Et ce chien, Peluche, depuis quelques jours, qui tourne autour de moi en me reniflant, comme s'il devinait quelque chose.

Je trouverai une solution pour le calmer. Je suis la maîtresse de maison. Je suis la plus forte. Pour le rapt de Lily, on ne m'attrapera jamais. Personne ne fera le rapport entre McMillan et moi. Personne. Lily est morte. Ixchel est à moi. Si Joyce voulait garder sa Lily, il fallait y penser plus tôt, être attentive, veiller sur elle. Joyce a du fric. Elle a tout. Elle n'a qu'à adopter un enfant, si ça lui manque. Il y a plein qui crève de faim partout dans le monde.

Je prends mon téléphone et réserve une chambre double pour le week-end. Je m'appelle Hilaria, et chez moi, il n'y a pas de remord qui compte. Un peu de détente ne me fera pas de mal.

Je prends la clé que je cache sous la moquette, près de la fenêtre. Je la fais tourner dans la serrure de mon armoire et prends mon ordinateur. Tandis que la machine s'allume, je me déshabille, enfile mes sous-vêtements cachés au fond d'un tiroir. Un soutien-gorge et un string en dentelle transparente. Connectée à la plateforme de rencontres entre adultes, je cherche le point vert dans la liste de mes contacts masculins. Rodrigo 59 est là. Je tape avec un sourire : Hello. Besoin de quelque chose ? La réponse ne se fait pas attendre : Je suis toujours prêt pour toi, ma belle. Je positionne la caméra, me couche sur le lit et doucement, je commence à me caresser.

Les hommes sur internet, ce ne sont que des objets avec lesquels je joue à ma guise.

Des sex-toys.

* *
*

Le vent a dû changer de direction, car, de l'aéroport à quelques kilomètres, on entend le ronronnement du moteur d'un avion. Lorsqu'il s'évanouit, l'aboiement du chien du voisin prend la relève. Il n'y a jamais eu d'animaux de compagnie chez Joyce. Son père avait une peur viscérale des chiens. Ils le lui rendaient bien. Le chiot le plus amical grognait en sa présence. Leur instinct les alertait, l'odeur de la peur ressemble à celle de la colère, lui a-t-on dit un jour.

Joyce va d'une pièce à l'autre, puis entre dans la chambre de Lily. C'était il y a si longtemps. Cette chambre sentait le bonbon. Un arôme subtil à la guimauve. Un mélange de sucre et de l'eau de toilette discrète qu'elle mettait derrière les oreilles de Lily après le bain. Avant l'arrivée d'Ana Victoria, la pièce était restée telle qu'elle l'avait laissée avant leur départ en vacances au Mexique. Une fois par semaine, la femme de ménage la dépoussiérait. L'employée traînait l'aspirateur jusque-là sans protester, mais Joyce devinait son regard, sa pitié ou son incompréhension.

Sur la moquette épaisse, rose, il y a une tache de lait séchée tout près de la table de nuit, souvenir de l'enfant de deux ans voulant devenir grand, délaissant le biberon pour boire à la tasse. Petite-Lily avait tout renversé.

Sur une commode, boîtes à musique et tourne-disque d'enfant se sont tus. À l'époque, les gardiennes de Lily les faisaient aller, chantonnaient des comptines. Toute l'enfance de sa fille, perdue à jamais. Elle a retrouvé une étrangère.

Joyce s'assied sur le lit, sur ce patchwork tricoté par une connaissance, dont elle a oublié le nom, avant la naissance de sa fille. Richard et elle avaient été submergés de cadeaux pour le bébé. Même Hilaria, la garde-malade de la voisine, lui en avait fait un : une maison de poupée bon marché. Au début, Joyce avait refusé, mais devant l'insistance de la jeune femme, elle avait dû accepter. *Quel est le problème, si ça lui fait plaisir ? Cette femme veut se montrer gentille* avait dit Richard, insouciant. Joyce s'en méfiait. Après tout, personne ne la connaissait bien. Heureusement, Hilaria était partie il y a bien longtemps. Cette femme la mettait mal à l'aise. C'était quand déjà ? Joyce se rappelle qu'après la mort de Mrs Peterson, elle était rentrée dans son pays, mais qu'elle lui avait envoyé une gentille lettre pour lui témoigner sa sympathie lors de la disparition de Lily. La maison de poupée s'était retrouvée dans la poubelle.

Douze ans après, elle attend. Elle va bientôt savoir si l'étrangère qu'elle héberge est bien Lily.

La chambre d'enfant n'en est plus une. Aujourd'hui, l'adolescente a voulu marquer son territoire, les vêtements de toutes les couleurs achetés au Mall – à l'exception du bleu, pied de nez à Joyce – traînent par terre. Joyce n'a plus la force de les ramasser, d'y mettre un peu d'ordre. Elle fait quelques pas, puis s'assied dans le fauteuil en osier acheté pour la recevoir, il y a à peine neuf jours. Elle ouvre le tiroir de la table de nuit, y trouve un carnet rose dissimulé entre une boîte de bonbons et un bonnet. La première page est décorée du portrait d'un garçon, sur la deuxième, un emballage d'une sucrerie où on lit « mazapán ». S'ensuivent d'autres pages avec des collages de peintures et de sculptures, puis une écriture ronde et grande. *J'y suis. Les États-Unis d'Amérique*... La jeune fille raconte son arrivée *chez cette dame coincée, égoïste et donneuse de leçons.* Joyce n'est pas surprise, vu le regard de l'adolescente et ses moues désagréables.

Plus loin, dans une encre d'une couleur différente, Ana Victoria a écrit : *Ma maman me manque. Heureusement que mes parents ne sont plus en prison. Mon petit frère me manque aussi. Mes amis m'envoient des messages WhatsApp tous les jours et postent des photos d'eux sur Instagram. Si je dois rester, ils m'ont promis de venir me voir. S'ils viennent, je les ferai loger chez la riche. Mieux, je lui demanderai de l'argent, pour acheter des livres à mon petit frère, pour aider maman avec de la nourriture. Qu'elle passe à la caisse pour tout le mal qu'elle nous a fait.*

La coupe est pleine. Elle doit parler à Peter. Quatre jours déjà et il ne l'a pas appelée. Depuis qu'elle s'est moquée de lui, au café. C'était idiot.

Alors qu'elle a remis le cahier à sa place, elle ne résiste pas à la tentation de le reprendre et lit encore : *Il y a aux États-Unis des écoles d'art superbes. Mon rêve serait de faire une carrière ici. Je suis prête à supporter ma nouvelle mère, rien que pour avoir des cours d'anglais et d'art.*

Une porte claque.

– Joyce ! Je suis là !

Ana Victoria débarque dans la chambre. Joyce n'a pas le temps de dissimuler le cahier.

– Qu'est-ce que tu fais là ? On avait dit que c'était mon espace ! Et qu'est-ce que…

Elle lui arrache le journal.

– Mais ça ne va pas, non ? Tu n'as pas le droit, Joyce !

– Je voulais… Je suis ta mère, je voulais te connaître un peu plus.

Ana Victoria serre le cahier contre sa poitrine.

– C'est du délire. Tu ne penses qu'à toi, Joyce. On ne te l'a jamais dit ? Tu n'aimes pas les autres, tu veux les dominer ! Tu es nulle.

– Où vas-tu, Lily ?

– Ana Victoria. Je suis Ana Victoria, jusqu'à preuve du contraire. Et même. Si jamais tu étais ma mère biologique, je n'accepterais pas que tu m'appelles Lily. Lily est morte, tu m'entends ? Morte. Il faudrait tout recommencer à zéro. Parler, m'écouter, pas m'espionner et n'en faire qu'à ta guise, mais tu en es incapable. Cela ne m'étonne pas que ton mari t'ait quittée !

La gifle part. Ana Victoria, surprise, reste immobile quelques secondes puis se retourne, reprend la veste qu'elle avait laissé tomber par terre et s'en va. Joyce essaye de la rattraper, mais la jeune fille est plus rapide qu'elle.

– Dis-moi au moins où tu vas ?

– Chez Peter. Tu devrais prendre des leçons de respect chez lui !

Vers trois heures du matin, dans la lumière crue de la salle de bains, Joyce ouvre l'armoire au-dessus du lavabo et prend son tube de somnifères. Elle en extrait un cachet et se souhaite une bonne nuit.

* *
*

La curiosité n'est pas un défaut si elle peut aider à découvrir une vérité. La réaction de Lucho face aux rebondissements du cas Lily McMillan était disproportionnée. Jorge décide de creuser l'affaire.

Hier soir, Ixchel est arrivée à la soirée des cinquièmes de son école habillée d'une jolie veste en cuir offerte par Lucho. Elle lui a confié que le vêtement restait caché sous son lit et qu'avec la complicité de son grand-père, elle l'enfilait pour les grandes occasions. Internet, comme les vêtements à la mode, étaient strictement interdits chez elle. *S'il n'y avait pas l'Abuelo, je suis sûre que ma mère me confinerait dans un couvent !*

Devant la maison d'Ixchel, Jorge avait vérifié la connexion avec son smartphone et découvert qu'un réseau était disponible. Verrouillé, bien sûr. Pourquoi payer un abonnement si la mère d'Ixchel ne le voulait que pour elle ? Pour une éducation stricte ? N'importe quoi. Pour l'isoler du monde. Si Ixchel n'est pas la fille biologique d'Hilaria, cela expliquerait pourquoi Ixchel et Lucho doivent rester éloignés des informations. En comparant une photo d'Ixchel avec celle de l'enfant kidnappée au Mexique, il ne peut pas tirer de conclusion. Une petite blonde ressemble à une grande blonde, c'est tout ce qu'il voit, mais il voudrait en avoir le cœur net. Pour commencer, il faut qu'il suive Hilaria. Qui sait ? Peut-être découvrira-t-il quelque chose.

* *
*

De vieux livres et des magazines envahissent la table de la salle à manger de Peter. La farde avec les documents du laboratoire médico-légal en charge des échantillons d'Ana Victoria se trouve au-dessus d'une pile. Un vieil ami travaille au laboratoire qui réalise les tests ADN d'Ana Victoria et pourra lui donner des nouvelles. Le labo ouvre demain matin de bonne heure. Il lui passera un coup de fil. Il avale le reste de croque-monsieur refroidi, consulte sa montre et prend ses clés. Au bar du vieux Tom, on peut boire une bière bien fraîche jusqu'à une heure avancée. En ouvrant la porte en bas de son immeuble, il se retrouve nez à nez avec Ana Victoria, en pleurs.

– Qu'est-ce que tu fais là ? Tu es seule ?

Peter prend Ana Victoria dans ses bras. C'est contre le règlement et il risque gros, mais il ne peut s'en empêcher.

– Là, calme-toi. Qu'est-ce qu'il t'arrive ?

– Je la déteste !

– Qui ?

– Tu sais bien. Joyce !

Il ne commet pas l'erreur de la faire entrer dans son appartement. Il ferme la porte du couloir derrière lui. Ana Victoria, sans maquillage et en baskets, a l'air encore plus jeune que son âge.

– Tu t'es disputée avec elle.

C'est une affirmation, plus qu'une interrogation. La situation devient intenable. Si les résultats de la filiation tardent à venir, il devra être obligé de faire les démarches pour la loger temporairement chez une collègue ou dans un foyer.

– Qui a permis qu'on m'emmène ici ? Tu peux me le dire, Peter ?

– Je sais. J'ai essayé de les en empêcher.

– Venir me prendre dans mon propre pays, une étrangère ! Mes parents ont dû rester plusieurs jours en prison. Quel système pourri. Une sale policière m'a arraché une mèche de cheveux ! Regarde ! J'ai un trou.

Peter ne sait que répondre. Un voisin passe.

– Tout va bien, Peter ?

– Oui, oui. Ne t'en fais pas.

Il prend Ana Victoria par le bras et sort sur le trottoir.

– Ne restons pas là. Tu n'as pas encore dîné, je suppose ?

Ana Victoria n'est ici que depuis quelques jours et elle ne supporte plus Joyce. La facilité avec laquelle on a accepté de l'envoyer ici l'étonnera toujours. Il y a quelque chose qui le dépasse. Maître Mariner a une réputation douteuse. Certains de ses clients ne sont pas des anges et il a trempé dans de sales affaires. Allez savoir ce qu'il a inventé pour satisfaire Joyce.

– Est-ce que je peux dormir chez toi cette nuit, Peter ?

– Ça ne va pas la tête ? Je veux garder ma place ! C'est interdit pour un assistant social d'héberger un mineur. On mange et je te ramène chez toi.

– Non !

– Je ne te demande pas ton avis, Ana Victoria. Nous pourrons parler en chemin. Tu veux un hamburger ?

– OK. J'ai faim. Et toi au moins, tu m'appelles par mon vrai prénom ! Allons-y.

L'air est chaud pour la saison. Il propose à Ana Victoria de marcher jusqu'au restaurant.

Peter envie l'insouciance du couple d'amoureux appuyé contre un muret au pied de son immeuble. Il y a une dizaine d'années, il embrassait Nancy ici même. C'est si proche et si loin.

– Comment tu as fait pour arriver jusque chez moi ? Tu as pris un taxi ?

– Tu es fou ? J'ai fait du stop.

– De mieux en mieux !

Ana Victoria dévore deux Burger King. De toute sa carrière, Peter n'a jamais vu un seul ado refuser d'en manger un. Joyce lui avait rapporté qu'elle entamait une grève de la faim. Cela n'a pas duré, vraisemblablement ! Son envie de bière est passée et il se contente d'un café serré. Il ira plus tard dans le bar du vieux Tom pour boire un Bourbon. Et cette fois-ci, il le boira jusqu'au bout.

Devant l'appartement de Joyce, Ana Victoria lève le regard vers la fenêtre de la chambre de Joyce, où aucune lumière ne brille.

– Tu sais ce que je vais faire, Peter ? Si Joyce arrive à prouver que je suis sa fille, à dix-huit ans, je me taille et je retourne chez ma vraie maman. Elle n'a pas beaucoup d'argent, mais elle est généreuse avec moi, avec mon père et avec tous ceux qui l'entourent.

– Et tu veux savoir ce que j'en pense, moi ? J'espère que tu changeras d'avis. Donne à Joyce une nouvelle chance. Je l'ai accompagnée pendant ces années. Elle a souffert. Elle a son caractère, c'est vrai, mais celle qui pourrait être ta mère est une bonne personne. Elle a juste besoin qu'on lui montre comment on fait.

– Quoi ?

– À ton avis ?

– Tu poses des questions au lieu de répondre. Un vrai assistant social.

Peter rit de bon cœur.

– Tu t'étonnes ?

Il est soulagé de voir les lumières éteintes dans l'appartement de Joyce. Il n'a pas la force d'affronter une scène. Ana Victoria fonce dans sa chambre, non sans avoir déposé un baiser sur la joue de Peter.

– Je ne t'ai pas dit une chose, Peter…

– Quoi donc ?

– Ces vêtements, le matériel de peinture que Joyce m'a offert. J'aime bien. Au Mexique, je n'ai pas tout ça. Les copains se cotisent quand je ne peux pas payer mes cahiers. Mais quand je pense à mes parents, comme ils se sentent seuls, comme on les a retenus en prison. Je me sens coupable.

– Ne t'en fais pas. Tu n'as pas choisi de vivre cette situation. Essaie de te reposer.

De retour chez lui, il trouve un message de Teresa sur le répondeur du téléphone. *Je sais que je n'ai pas été très sympa, mais appelle-moi s'il te plaît. Tu sais que je ne suis pas une couche-tôt… J'ai quelque chose à te dire.*

Teresa décroche à la troisième sonnerie.

– Je suis contente de t'avoir.

– Pourquoi tu m'appelles ? Je pense que tu as été assez claire. Tu ne veux plus me voir.

– Je n'ai pas été correcte.

– C'est le moins qu'on puisse dire !

– Je me promets à chaque fois d'être fidèle, mais mon mari me trompe aussi, alors…

– Ce ne sont pas mes affaires. Qu'est-ce que tu veux au juste ?

– Cela va t'intéresser : le juge de la jeunesse en charge de l'affaire Lily avait accepté un pot-de-vin pour expatrier Ana Victoria Tundra sans tests ADN. Tu as bien entendu, Peter. Le fonctionnaire a fait ça contre paiement. Et devine qui a payé un avocat véreux pour le faire ?

– Je n'aime pas les devinettes.

– Ta Joyce.

– C'est impossible.

– Comme par hasard, l'avocat véreux était américain. Un dénommé Mariner.

Alors qu'il vient à peine de quitter Ana Victoria, Peter aurait envie de la revoir, de lui demander pardon au nom de Joyce.

– Tu sais comment ça va parfois, Peter. Les langues se délient. Une secrétaire me l'a dit. Une vraie pipelette. On peut porter plainte, mais c'est déjà assez compliqué. Personne ne peut prouver… Peter ! Tu es toujours là ?

Lorsque Peter reprend le combiné du téléphone qu'il avait déposé sur la table, Teresa a déjà raccroché.

* *
*

Jorge ne sait pas pourquoi il a suivi Hilaria jusqu'ici. Des enfants aux pieds nus jouent au football avec un ballon dégonflé, se font des passes. Il les observe un moment et lance un commentaire encourageant. L'asphalte de la rue est défoncé, des détritus jonchent les trottoirs et les murs jadis blancs sont tagués. Dès que cette histoire sera résolue, il se promet de rameuter les copains de la paroisse pour entreprendre un grand plan de nettoyage, puisque les autorités de la ville ne font rien. Ixchel et ses amies l'aideront. Mais qu'est-ce qu'il raconte ? Si Ixchel est en réalité la jeune Américaine kidnappée, tout sera fini entre eux. Trop bête, mais ce qui compte est son bien. Elle aurait tout à gagner si elle est Lily McMillan. À elle les concerts de rock des plus grands, les bonnes écoles. Peut-être que sa vraie mère sera plus sympa que l'horrible Hilaria. Et puis, une mère, c'est une mère. Il ose à peine imaginer la sienne privée d'un seul de ses trois enfants. Il secoue la tête, jette la cigarette intacte qui va atterrir dans une poubelle.

Il ne doit pas attendre longtemps. Hilaria apparaît par le portail de l'immeuble où vit un monsieur dont elle assure la garde. Elle porte son éternel gros sac à main en cuir et sa veste difforme. Jorge donne une tape amicale à l'un de petits joueurs et la suit. Elle s'arrête devant le kiosque à journaux, en feuillette quelques-uns, puis sort un billet et en achète plusieurs exemplaires. *Qu'est-ce que tu cherches, Hilaria ?* il murmure.

Une femme sur le trottoir le regarde fixement. Ce n'est pas grave. Jorge a l'habitude d'être jugé. Les autres se sentent supérieurs à lui et changent de trottoir en sa présence. Ce sont les tatouages, sa coiffure. *Au fond, cette dame n'a pas tort de se méfier de moi : peut-être que je deviens fou. Je me demande ce que je fous là.*

Hilaria se dirige vers une « Taquería ». Jorge ajuste sa casquette, met ses lunettes de soleil et la suit. Il rentre dans le snack en se cachant derrière un homme de grande taille qui y pénètre au même moment. Hilaria s'installe dans un coin discret et commande quelque chose. La table est trop petite pour étaler les journaux. Elle en met un sur ses genoux, le consulte rapidement. Au bout d'un moment, elle s'arrête sur une page, la lit attentivement et finit par l'arracher. Jorge n'arrive pas à distinguer de quoi il s'agit, car il est trop loin.

– Tu viens pour consommer, *amigo* ?

Il sursaute. Le serveur louche légèrement, de sorte que son regard semble les regarder tous les deux : lui et Hilaria. Drôle de sensation, il faut garder son sang-froid.

– J'attends quelqu'un.

Hilaria se lève, dépose un billet sur la table sans attendre sa commande et sort du restaurant. Jorge se précipite et prend la chaise qu'elle occupait. Il dit au serveur que sa mère a dû partir, mais qu'il prendra sa commande. Le serveur, vraisemblablement habitué à la fantaisie des clients, hausse les épaules, lui sert une bonne portion de tacos et s'en va dans l'arrière-cuisine en s'essuyant les mains. Jorge prend le journal déchiré qu'Hilaria vient d'abandonner. Une page est manquante. Jorge fourre le tout sous sa veste et, une fois dehors, se rend au kiosque et achète le même journal. En pleine rue, il compare les deux exemplaires : il sait à présent ce qui tracasse tant la mère d'Ixchel.

Hilaria

La route en direction d'Oaxtepec est longue. Une ligne droite à travers un paysage jauni. Se succèdent de grands panneaux publicitaires pour des hôtels de luxe, des centres commerciaux, des restaurants. La lumière même est imprégnée d'une poussière jaune que le vent soulève, couvre les arbres rachitiques qui longent la Nationale vers le sud. De temps à autre, on croise des patrouilles de police, à la recherche de trafiquants de drogue. On nous arrête dans les guérites de péage pour des contrôles d'identité.

L'éclairage dans l'habitacle de ma vieille coccinelle donne une tonalité rousse aux cheveux d'Ixchel-Lily. Lorsque je l'ai adoptée, je l'ai soignée comme une poupée précieuse. Je me suis amusée à lui acheter des robes et des chaussettes assorties. J'avais imaginé qu'en grandissant, nous deviendrions toutes les deux inséparables. Deux amies complices. Je me suis trompée.

Je quitte un moment la route droite des yeux, observe rapidement les mains qu'aucune crème ne guérit, sèches, gercées comme la terre des champs que nous longions.

– J'ai soif, maman.

– Nous allons nous arrêter quelques minutes dans la prochaine station-service. Je vais prendre de l'essence.

La vue du beau profil d'Ixchel-Lily me fait mal. Elle ressemble de plus en plus à Joyce. Joyce que j'aurais voulu oublier, mais qui revient personnifiée dans cette rebelle. Une rebelle silencieuse. Je ne supporte pas le silence. Elle me nargue avec son téléphone portable et ses écouteurs collés aux oreilles. Je les jetterais bien par la fenêtre. Inspirer en sept temps, retenir son souffle pendant trois autres.

– On fait un voyage ensemble. Tu pourrais me parler.

Ixchel, les écouteurs aux oreilles, ne m'entend pas, sifflote en pianotant sur son appareil.

Peu importe après tout. Ce voyage nous fera du bien. Je dormirai avec mon Ixchel-Lily, dans le même lit. Comme pendant notre premier voyage, sur ce bateau qui nous a éloignées d'Isla Mujeres, il y a douze ans. Nous pourrons parler et faire des projets mère et fille. Et si nous repartions définitivement ? Pourquoi pas ? Je pourrais bien placer mon père dans une maison de retraite. Il n'aurai plus à faire le ménage, ni à cuisiner. L'argent de la vente de sa maison suffirait à tout payer.

Le centre de vacances de la Sécurité sociale a vieilli. Sur la pelouse pelée, des jeunes tapent sur un ballon. Leurs cris me crispent. Sur la terrasse où on nous fait patienter pendant qu'on prépare notre chambre, j'avale une deuxième tequila, tandis que les glaçons du Coca-Cola d'Ixchel fondent. Tant pis si ma fille boit du jus de chaussette après tout. La piscine, à quelques mètres de la réception, est bondée et on refuse de nouveaux baigneurs. Le maître-nageur demande de revenir plus tard.

– Le chlore ne fait plus d'effet avec tant de monde. Vous risquez d'avoir une infection, dit-il pour calmer les quelques récalcitrants énervés.

– On va s'amuser !

La pointe d'ironie d'Ixchel-Lily ne m'échappe pas. Les regards des hommes sur elle non plus, à commencer par ce maître-nageur prétentieux. À l'époque, Joyce, habillée de ses fringues de marque, faisait tourner la tête des tous les mâles de l'immeuble. La sainte-nitouche, avec ses croix et médailles d'or à son cou !

– Exactement, Ixchel. On va tout faire pour passer un bon week-end.

Des familles se sont installées sur des transats, en attendant leur tour au bassin. Leurs rires insouciants, leurs vêtements de vacances, chapeaux et animaux gonflables, contrastent avec la mine fermée d'Ixchel-Lily. Dans la piscine, des adolescents crient, se chamaillent, prennent tout l'espace. Où est le directeur du centre pour les ramener à l'ordre ? Je tente de chasser le martèlement du sang dans mes tempes. La migraine ne me lâche plus depuis que Joyce a imaginé voir Lily sur l'écran de son ordinateur.

Je regarde au loin. À l'horizon, deux collines se dressent et un aigle les survole très haut. Un enfant fait tournoyer un cerf-volant qui pirouette et finit par tomber. Je suis déçue. J'espérais de la joie, retrouver l'insouciance de mes vacances à Acapulco, avec mes parents. Lorsqu'il était jeune, papa savait faire voler un cerf-volant, le faisait atterrir en douceur. Il a vieilli. Celui qu'il était me manque, ses conseils me manquent. Là, il ne fait que radoter. Maman saurait quoi me dire. Aujourd'hui, je ne peux compter que sur moi-même. Je pourrais partir toute seule, planter Ixchel-Lily avec un mot : J'ai un aveu à te faire ! Ce serait tellement plus facile. Je retrouverais ma liberté et mes mains leur douceur. Loin seraient les caprices de cette effrontée, mes clients dans leurs fauteuils craquelés. Si j'envoyais un message anonyme à Joyce pour lui dire de récupérer sa petite chérie ? C'est une possibilité. Je pourrais l'abandonner dans une station-essence. Fini les soucis, les dépenses pour une ingrate. *Ma chère Joyce : j'ai déjà volé l'enfance de ta fille, récupère les caprices de ton adolescente !*

– Va aux toilettes et mets ton maillot de bain, Ixchel ! Et n'oublie pas de garder un t-shirt. On a assez perdu de temps.

– Mais…

Fais ce que je te dis. On va un peu bronzer en attendant. Tu te rends compte de ce que j'ai dépensé pour ce voyage ? Va !

Ixchel-Lily s'éloigne vers les vestiaires. Je l'observe dans cet endroit de loisirs et d'insouciance. Ma tête tourne comme ce jour à Isla Mujeres, où notre destin à toutes les deux a basculé.

Jorge est un petit innocent maladroit. Est-ce qu'il croit que je n'ai pas vu son petit manège, déguisé en détective privé, avec sa casquette crasseuse et ses lunettes de soleil, trop grandes pour lui ? Avec mon père, ils tournent en rond autour de moi, me reniflent en chiens méfiants. C'est sans compter que j'ai toujours été la plus forte. Je m'offrirai quelques heures de réflexion. Ce week-end m'aidera à élaborer un plan.

* *
*

Sur l'écran de la télévision, l'inspecteur Marlowe apparaît, sa Camel entre les lèvres. La femme est de dos, un chapeau sur la tête. Elle se retourne et dit… Peter appuie sur la touche du volume, mais la télécommande ne lui obéit plus. Il a oublié d'acheter des piles.

– Dad ?

Ivy est debout sur le pas de la porte de l'appartement, un gros sac à l'épaule. Elle râle, il a laissé la porte entrouverte. À ne pas faire dans ce quartier.

Les cheveux de sa fille sont plus longs que la dernière fois où il l'a vue, et sa silhouette s'est affinée. Sa robe noire aux coquelicots rouges lui sied bien. Elle ressemble de plus en plus à sa mère. Un choc.

– Qu'est-ce que tu fais là, Ivy ? Je ne t'attendais pas. Tu m'as fait peur.

– C'est comme ça que tu m'accueilles ? Il faut prendre rendez-vous pour voir son père ?

Elle s'approche de lui et l'embrasse sur les deux joues. À la française. Certainement le souvenir de son ancien copain parisien, vite remplacé par un Italien rencontré dans une file au musée. Il lui dit qu'il la trouve amaigrie. Ivy lui parle de la boxe thaïlandaise, qu'elle a commencé à pratiquer.

– Tu regardes quoi à la télé ? Dommage. Il fait délicieux dehors !

Elle repose le lourd paquet et se dirige vers la cuisine pour se servir un verre d'eau.

– C'est quoi, tout ce gros sac, Ivy ?

– Ma machine à laver est en panne. Tu ris ? Je suis contente de te rendre heureux !

– Ça m'étonnait que tu viennes juste pour dire bonjour à ton vieux père.

– Oh, là, là ! Tu as bouffé du lion ! Il y a un lavage automatique tout près d'ici. Je vais y aller, t'inquiète.

– Arrête. Tu sais bien que je ne te laisserai pas faire.

– Ton problème, Dad, c'est que soit tu es hyper gentil. Tellement gentil, que les gens en profitent. Tu encaisses jusqu'à ce que tu exploses, et là, sauve qui peut !

Cela lui fait mal, mais Ivy a raison. S'il s'imposait aux autres plus souvent, il ne devrait pas en arriver aux poings comme avec le policier mexicain, ou l'homme au centre commercial.

– Tu exagères…allez, tu veux que je te prépare quelque chose à manger ?

– J'ai acheté de la moussaka. Ton plat préféré.

– Tu l'as gardée au frigo ? Tu l'as achetée quand ? Tu ne vas pas m'empoisonner au moins ?

– Stop !

Ivy le prend par la main, le fait asseoir sur le seul tabouret libre de la pièce, le reste étant couvert de journaux, magazines et tasses sales.

– Tu vas me dire tout de suite ce qui t'arrive.

– Je ne vois pas…

– Pas à moi, Dad. Qu'est-ce qu'il y a ?

Ivy est de retour. La seule personne au monde qui le connaisse et le désarme en un clin d'œil. Il ne veut pas parler de Joyce. Pour dire quoi ? Ses pensées font du go-kart dans sa tête. Pour faire diversion, il allume le four.

– Si tu me parlais de ton boulot monstre ?

– Je doute que des projets d'installation d'un software dans les banques t'intéressent, papa.

– Tu serais étonnée ! J'adore l'informatique.

Ivy éclate de rire. Le rire de sa mère, qui le ramène des années en arrière. Du vivant de Nancy, il ne se posait pas autant de questions. Le doute est arrivé avec la solitude.

– Je vais mettre le four pour la moussaka et je prépare quelque chose à boire. Après tu me diras ce qui te chiffonne. Voyons voir… Excellent : du rhum. Un mojito ?

Une fois attablés, le menton posé sur les mains, Ivy se contente de le regarder. Il est impossible de la tromper. Enfant déjà, elle entourait son cou de ses petits bras et lui demandait pourquoi il était triste, comme si elle sentait qu'il avait passé une mauvaise journée. Il lui raconte alors pour Joyce. Il est déçu. Tout y passe, ses caprices et son goût pour l'argent et le luxe. Elle a même soudoyé un juge ! Comment a-t-elle pu faire ça derrière son dos ? Depuis le début de cette histoire, il est resté à ses côtés. Il s'est ridiculisé devant son supérieur, a été la risée de la police. Intolérable.

Ivy le regarde avec un sourire, tout en ajoutant la glace pilée aux verres.

– Un bon cocktail fait maison.

– Tu m'écoutes ?

– Je ne fais que ça, Dad, depuis que je suis née !

– Joyce m'a trahi. Comment peut-on devenir malhonnête ainsi ? Et on dit que le Mexique est pourri. Et nous, que faisons-nous ? Il faut que je te dise : elle est républicaine.

– Et alors ? Toi tu es démocrate, assistant social. Moi, je travaille pour une boîte qui fait du fric. Mais qu'est-ce que ça a à voir ? Avoue que tu es amoureux, papou.

– Pas du tout !

– Joyce, hein ?

– Tu ne comprends pas.

– Tu m'as souvent parlé de ton travail. Mille et une atrocités. Je me souviens de ce cas : des enfants enfermés dans le grenier. Quand on les a découverts, ils étaient complètement déshydratés. Et l'enfant que la mère a mis dans une machine à laver. Le pauvre petit est mort noyé. J'en ai encore des frissons ! Tu n'étais pas aussi ulcéré qu'aujourd'hui.

– Si.

– Ta, ta, ta ! Tu ne peux pas tromper ta fille adorée. Goûte mon cocktail. Je n'ai pas mis beaucoup de sel.

Peter boit d'un trait. Se sert à nouveau, sans proposer à Ivy de remplir son verre.

– Vas-y. Du moment que tu m'en laisses un peu. Avoue, elle te rend fou. Fais un effort, mets-toi à sa place. Elle trouve son enfant, et elle doit attendre les bras croisés qu'un labo perdu dans un village à l'étranger lui donne la permission de la voir ! C'est déjà assez dur pour elle. Ce n'est pas toi qui m'a dit un jour qu'il ne faut pas juger les autres ?

– Tu ne vas pas l'excuser, maintenant ? Ce n'est pas ça que je t'ai appris. L'honnêteté. Tu sais ce que ça veut dire, j'espère. Dis-moi oui. Faites qu'au moins, je n'aie pas raté ton éducation !

– Tu te rappelles la lettre que j'attendais de The George Washington University ? La réponse à ma bourse. Tu avais mis l'enveloppe sous un amas de courrier et de vieux journaux. Je ne l'avais pas vue.

– Je m'en souviens. Je me suis senti tellement mal !

– Un acte manqué ! J'attendais avec impatience l'acceptation de ma bourse pour partir. Rien. Elle était bien arrivée dans notre boîte aux lettres, mais tu l'avais cachée *par mégarde* sous un tas de papiers. J'ai fini par la découvrir en ouvrant par hasard l'enveloppe en cherchant un plan de la ville. La veille de la date limite pour la réponse ! J'ai failli rater mon inscription. Même les meilleurs, les plus honnêtes font des choses bizarres.

Peter rougit. Cet épisode, il aurait préféré l'oublier. Il se souvient de son désarroi lorsqu'il avait appris que sa fille était admise à l'Université de son choix. Un mélange de joie, de fierté et de déception. Ivy devrait rester cinq ans à Washington. Même si elle revenait pour les vacances et les longs week-ends, être séparé d'Ivy lui paraissait insurmontable. Nancy s'était moquée de lui. *Lâche du lest. Laisse-la grandir* lui disait-elle en l'embrassant. Il avait laissé l'enveloppe sur la table, pour qu'Ivy la découvre d'elle-même. Pris par le travail, il était parti à Miami sans ranger les papiers accumulés sur la table et avait oublié ce papier. Lorsqu'Ivy avait découvert l'enveloppe, c'est sa mère qui l'avait aidée à rassembler les documents en une journée, et l'avait accompagnée en voiture jusqu'à Washington le lendemain aux aurores pour remettre son dossier en main propre. Il n'en est pas fier.

– Comment tu as pu me pardonner, Ivy ?

– D'abord parce que tu es mon papa chéri, et puis parce que je sais que personne n'est parfait. J'ai juste dit ça pour que tu réalises que les gens ont le droit de commettre des erreurs. Même les meilleurs, comme toi.

– Merci pour le compliment.

– Tu as besoin d'une femme pour te tenir compagnie le soir. Allez, on mange et je t'emmène faire un tour. Cette télé me donne le cafard !

Ivy sourit et le prend par la main.

– Tant qu'on y est, il faut que je te parle d'un nouveau boulot que j'ai trouvé, papa. C'est un peu loin, mais c'est mon rêve.

– Loin ? Tu veux dire, pas à Raleigh. New York ? Washington à nouveau ?

– Un peu plus loin, à l'étranger.

– Le Mexique ? Le Canada ! Tu as toujours rêvé de…

– La Nouvelle-Zélande.

Son cœur bat très vite et il doit s'asseoir.

– Ça va, papa ?

– La Nouvelle-Zélande ! Tu ne pouvais pas trouver plus loin sur la carte du monde ? Pour faire quoi ? Nourrir des kangourous ?

– Ce n'est pas l'Australie ! Une association de protection des espèces menacées va ouvrir un centre à Christchurch. Il leur fallait quelqu'un pour mettre en place tout le réseau informatique. Ce sera moi ! J'adore les animaux. Je pourrai être polyvalente, apprendre des choses différentes. J'en ai un peu marre des States et des banques. Tu viendras me voir, papa !

– La Nouvelle-Zélande… Pourquoi pas le Mexique ? Il y a des tas d'animaux, au Mexique.

– Arrête, Dad. Cela te ferait du bien de partir aussi, crois-moi. Emmène Joyce. Il paraît que les paysages là-bas sont magnifiques. On ira à l'Île de Pâques ! On fera de la plongée sous-marine.

Le moment est arrivé. Ivy s'en va. Il le savait déjà, quelque part dans son for intérieur, et depuis longtemps. Le fait d'avoir fait ses études à Washington, puis d'avoir pris à son retour un appartement à elle, dans un autre quartier, annonçait déjà un départ définitif, loin de lui. Devant l'enthousiasme de sa fille, il ne peut pas lui dire que cette absence sera dure pour lui.

– Je veux que tu m'écrives souvent, tu m'entends ?

– Mais bien sûr, Dad…

– Je peux t'avouer quelque chose ?

– Tant qu'on y est !

– Je voulais partir aussi, mais je ne savais pas comment te le dire.

Il ment. Il n'est pas heureux, mais au moins il gardera sa dignité devant Ivy.

– Excellent ! Où ça ?

– Je ne sais pas encore. Il faudra que j'en parle à mon patron. Tu as raison. Il est temps de changer de vie.

Son téléphone portable vibre. C'est un message de Teresa : *Appelle-moi. J'ai du nouveau.*

* *
*

Le doute est une sale bête. Un scorpion caché dans vos entrailles, qui vous ronge jour après jour, vous injecte son venin. Pas d'antidote. Rien n'est pareil, rien n'est plus doux ni beau depuis que Lucho a vu le portrait de la petite disparue. Ni le rire d'Ixchel ni les projets qu'un jour il a faits avec Hilaria et sa « Princesa ». À quoi bon tout l'amour, à quoi bon avoir rêvé de voir grandir la petite. Si elle se tait, c'est une autre mère, l'Américaine, qui souffrira.

Qu'est-ce qu'il doit faire ? En fouillant dans le tiroir d'Hilaria, il a trouvé un coquillage avec un peu de sable collé, alors qu'à sa connaissance, sa fille n'a jamais été sur la côte. Et puis, il y a cette armoire fermée à clé dans sa chambre. Hilaria lui a dit un jour qu'elle y gardait des bijoux offerts par des clients, or, elle ne porte jamais de boucles d'oreilles ou de collier. Il a découvert aussi un petit bracelet doré avec un L gravé à l'intérieur.

« L ». Lily. Fille de Joyce McMillan. Il répète ce nom, veut s'en imprégner. Depuis plusieurs jours, il s'invite chez Lourdes sous n'importe quel prétexte, juste à l'heure du bulletin d'information à la télévision. Son amie s'étonne. *Te voilà bien curieux de l'actualité Lucho* ! Il doit se taire. Ne rien dire. Il faut protéger son propre enfant. *Seigneur, guide-moi : quelle mère faut-il sauver ? Hilaria, sa fille ? Ou bien Mrs McMillan, une parfaite inconnue ?*

Ce week-end lui fournit l'occasion de se retrouver un peu seul. Ce matin, il a pris une douche, enfilé des vêtements confortables et traversé la rue. Le vigile de service à la guérite de l'entrée principale de la prison actionne le mécanisme automatique pour ouvrir la lourde porte métallique.

– Lucho ! Vous êtes déjà là ?

– Dieu aide ceux qui se lèvent tôt. Tu connais le dicton.

L'établissement pénitentiaire est vétuste. La peinture des murs est écaillée et du plâtre tombe des plafonds. Quand il avait commencé comme bénévole, la directrice lui avait fait faire le tour. Lucho avait été horrifié de l'état des cellules. Aujourd'hui encore, quelques mètres carrés où dorment entre trois et quatre prisonnières. Des cuvettes qui font office de toilettes, lorsque les w.c. de l'étage sont bouchés, ou en cas de grève du personnel. Il a choisi la bibliothèque plutôt que la cuisine ou le réfectoire pour travailler. Il était un très mauvais lecteur, mais s'est découvert une passion lorsqu'une jeune institutrice avait donné un cours du soir à l'association de la paroisse pour initier les adultes à la lecture. Depuis, lui-même a fourni des livres à la prison. La petite bibliothèque n'était au début qu'un local où s'entassaient les vieux journaux et des revues de télévision.

L'association avait légué, grâce au soutien du président municipal de Léon, des ouvrages d'auteurs américains et européens traduits en espagnol. Lucho a dévoré les romans d'Elena Ferrante, voyagé dans son imagination dans le sud de l'Italie, lui qui ne pouvait se le permettre. Il aimait aussi la littérature latino-américaine, et avait lu plusieurs fois Cien años de soledad. Mais son auteure préférée reste Laura Kasischke, qui raconte dans un de ses romans l'histoire d'une petite fille orpheline. La mère adoptive l'avait ramenée de Russie, mais il y avait un secret qui planait sur cet enfant. Il pense à cette histoire lorsqu'il pénètre dans son local. Il aurait dû s'écouter plus. Cette attirance pour ce roman voulait dire quelque chose ! Il a aujourd'hui la certitude que sa propre fille lui a menti. Ixchel s'appelle Lily, et une mère, dans le pays voisin, la cherche. S'il dénonce Hilaria à la police, comment va-t-il faire pour supporter les années à venir sans Ixchel ? Devant lui s'étirent les heures sans ses chants et ses éternels bavardages. Et puis, sa fille ira en prison. En prison !

À la bibliothèque, une employée de la blanchisserie prend un café en lisant le journal. Celle-ci est coiffée de tresses enroulées dans des rubans rouges.

– Bonjour, Lucho. Tu nous amènes de nouvelles lectures ? Fais voir ! Oh ! Tu as l'air distrait.

– Pas du tout. Regarde, il y a un livre qui peut t'intéresser : comment ravoir les taches les plus difficiles.

– Donne-moi ça ! Tu veux un café ? Il est bon, c'est moi qui l'ai préparé. Celui des gardiennes est du vrai jus de chaussette.

Ses blagues ne le font pas rire aujourd'hui. Lucho boit en silence, regarde autour de lui les étagères de fortune où reposent les livres. Sa fille se retrouvera derrière les barreaux s'il la dénonce. Elle qui déteste la lecture, n'aurait même pas cette consolation.

– Nous avons une nouvelle cliente depuis hier.

– Qu'est-ce que tu dis ?

– Tu deviens sourd, Lucho ! J'ai dit qu'on a amené une prisonnière d'Islas Marías. Là-bas, c'est trop plein...

– Je lui apporterai des livres, en guise de bienvenue.

– Plutôt un bon avocat, oui ! Elle s'est déjà bagarrée hier. Va savoir comment elle a réussi à faire rentrer un couteau. La directrice va prendre des mesures disciplinaires contre l'équipe de gardiennes. Cet endroit est devenu une vraie passoire. Islas Marías ! Ça fait froid dans le dos. Elle pourrait quand même être renvoyée là-bas, mais elle ne s'amuserait pas du tout, crois-moi ! C'est là que se retrouvent les plus terribles assassines.

Lucho a lu un livre écrit par un détenu qui a purgé une peine dans cette prison. Une prison-île, entourée d'une mer infestée de requins. Violeurs, tueurs en série condamnés à la perpétuité se retrouvent là-bas. Il y a une section pour les femmes, toutes aussi redoutables que les hommes.

– Tu as une tête d'enterrement, Lucho ! Tu n'es pas malade au moins ?

La préposée à la blanchisserie n'a pas tort. La nuit dernière, il a ressassé jusqu'à l'obsession cette histoire d'enlèvement. Se confier à quelqu'un l'aiderait à surmonter ses craintes, mais ce n'est pas possible. Son chariot rempli de livres et préparé la veille l'attend dans la bibliothèque. Il le pousse péniblement et avance dans le couloir qui longe la cour. Ses articulations le font souffrir à chaque pas. Hilaria et la jeune Américaine. Peut-être qu'il se fait des idées. Sa fille a ses défauts, mais ne lui aurait jamais menti. Pour quoi faire ? Des enfants à adopter, il y en a des milliers. Il y en a toujours eu.

– Je vais t'ouvrir la salle commune, Lucho. Sois prudent. Ce ne sont pas des anges ! Ne l'oublie pas.

– Je ne vais pas m'attarder.

La plus ancienne des pensionnaires lui a demandé la semaine dernière de lui apporter des revues de crochet, tandis que sa voisine attendait avec impatience l'Assommoir de Zola. Cette femme condamnée pour le vol d'une bijouterie avait pleuré en lisant Germinal. *C'était con, ces gosses au fond de la mine. Ils font l'amour alors qu'ils vont mourir.* Comment peut-on être aussi sensible à une histoire inventée et menacer un banquier avec un pistolet ? Une gardienne lui a dit qu'il ne fallait pas tomber dans le piège de s'attacher à elles, mais Lucho a du mal à croire que ces femmes soient complètement mauvaises. Tout le monde n'a pas la même chance dans la vie. Il y a des accidents de parcours.

Il a ajouté à sa cargaison Pedro Páramo, pour une femme née à la campagne, pour lui mettre du baume au cœur. La bibliothèque municipale offre de temps en temps quelques livres. Il n'a gardé pour lui qu'un manuel de bricolage.

Carlota lit parce qu'elle a du mal à s'endormir. La détenue quitte ses camarades dès que Lucho arrive. C'est une passionnée d'histoires de cow-boys.

– Qu'est-ce que tu as pour moi aujourd'hui, grand-père ?

– J'ai pensé à La Ciudad y los perros pour toi, Carlota. L'histoire se passe à Lima.

– Je te fais confiance.

Confiance. Il se trompe. Même sa propre fille devrait se méfier de lui. Il pourrait la dénoncer et la mettre en prison à vie ! La prisonnière prend le livre avec empressement, le feuillette, ravie.

– Tu es fatigué, Lucho ?

– Oui. J'ai des soucis.

– Tu veux raconter à tante Carlota ?

– Ma fille. Elle m'a menti.

– Oh ! Ce n'est pas grave. Moi, j'ai appris à ne faire confiance qu'à moi-même. Une fois que tu as compris ça, tu es tranquillos.

– Ça va, Lucho ? crie la gardienne, impatiente.

– Oh ! C'est bon ! hurle Carlota. À bientôt, Abuelo.

– Au revoir, Carlota. Je te laisse deux autres livres qui vont te plaire. Je ne pense pas que je pourrai venir la semaine prochaine.

Lucho, étroitement suivi par la gardienne, finit son tour dans un état second. Les barbelés posés sur les murs d'enceinte le plongent dans la morosité. C'est impossible, aucun parent n'est capable d'envoyer son enfant derrière les barreaux. Jamais. La semaine prochaine, il ne reviendra pas. Il n'a plus l'âge, plus l'envie, plus le courage d'être ici. Comment imaginer Hilaria enfermée derrière une de ces portes pendant de longues années ? Car Hilaria est fragile. Toujours avec ses drôles de réactions, changeante. Ce regard noir, éloignant d'elle tout être qui pourrait l'aimer. Les hommes, son père, Ixchel.

Tu ne m'aimes pas, mais moi je t'aime, Hilaria. Il le dit et le répète encore une fois. Il rentre à la maison, épuisé.

* *
*

La BMW d'Ivy roule sur la Nationale qui mène à Raleigh. Peter n'aura jamais les moyens de s'en payer une. Sa fille a insisté pour la lui prêter. *Ce n'est pas le jour pour tomber en panne, papa !*

Joyce observe Peter, au volant. Il le serre fort, au point que les jointures de ses doigts deviennent blanches.

– Quelque chose ne va pas, Peter ?

– Ne t'inquiète pas pour moi. Juste un peu de fatigue.

Il passe ses doigts dans ses cheveux, lui demande s'il peut ouvrir la fenêtre. Ce qu'elle fait elle-même. Que lui veut Teresa ? Le relancer pour se moquer de lui. Il est curieux, mais pour le moment, autre chose l'occupe.

– J'avais oublié que cette voiture a l'air conditionné. J'avoue que je préfère ma vieille Ford. Je la connais bien ! Nous ne sommes pas loin, Joyce, mais il est midi et le labo ferme pendant l'heure du déjeuner.

– Il faut encore signer des papiers ? Quand est-ce que ça va s'arrêter ?

Il n'avait pas pu lui dire la vérité au téléphone. Les résultats sont là. Ana Victoria n'est pas sa fille. Il doit trouver le bon moment, la bonne manière, les bons mots pour le lui annoncer. Comment la laisser l'apprendre sur un bout de papier ? Il préfère lui en parler lui-même. Il lui doit bien ça.

– Je viens de penser à quelque chose. Tu m'as dit que la pension de ta mère se trouve à Cary. On pourrait passer lui dire bonjour et demander quelque chose à grignoter en cuisine. J'aimerais bien la rencontrer. Si tu es d'accord.

Obsédée par l'attente des résultats, Joyce avait oublié Caroline. Elle avait promis à l'infirmier de passer.

– Je n'ai pas la tête à ça. Chaque visite est une véritable épreuve. Je crois que je t'ai déjà dit qu'elle souffre de démence sénile ? Quelle perte de temps ! J'ai honte de dire ça, mais pour moi, elle est déjà morte.

– Ne dis pas ça ! Même si tu as cette impression, il y a encore des émotions qui passent. Et puis, il est bon que le personnel voie que le pensionnaire a une famille. Il y a partout des abus, même dans les meilleures institutions. Crois-moi.

– D'accord. Allons voir maman.

Malgré les arguments de Peter, Joyce n'est pas enthousiaste à l'idée de revoir sa mère aujourd'hui. Elle préférerait aller directement au labo. Les résultats ADN ne devraient pas tarder. Elle pourrait s'asseoir et attendre. Peut-être sont-ils déjà là puisqu'on la fait venir.

Ils roulent un moment en silence, jusqu'à ce qu'un panneau annonce Seniors Paradise.

– Tu peux te garer là. C'est un espace réservé aux familles des pensionnaires.

Il accompagne Joyce jusqu'à la porte d'entrée.

– Je vais t'attendre dehors.

– Je croyais que tu voulais rencontrer ma mère ?

– C'était une astuce pour t'emmener ici. Si j'avais encore mes parents, j'irais les voir, pour me sentir bien moi-même. Je le fais pour toi. On est toujours plus fort lorsqu'on se tient près de l'arbre qui nous a protégé dans notre enfance. Nos racines nous font tenir. Tu traverses des moments difficiles.

– Ce n'est pas évident non plus avec ma mère. J'ai l'impression que son Alzheimer empire de jour en jour. Je n'ai pas le courage aujourd'hui de l'affronter seule. Viens avec moi.

– Eh ! Je n'ai pas l'habitude des personnes âgées. Un ado en colère, ça va…

– Qu'est-ce que je peux faire pour te convaincre ?

Pour la première fois de la journée, Joyce lui sourit. Pour la première fois, elle a besoin de lui. Les rayons de soleil illuminent une mèche rebelle sur son visage et son rimmel a coulé. Une Joyce enfin humaine.

– Bien ! Allons voir Mrs McMillan !

– Caroline.

La vieille dame est dans sa chambre, ne semble pas surprise de voir ces deux visiteurs. D'un pas ferme, Joyce s'approche d'elle et lui prend la main.

– Mother, may I introduce you with Peter, a friend. Peter, Caroline, my mother...

Quoi que Peter ait pu dire, il est à l'aise. Avec une grande confiance en lui, il s'approche à son tour, lui tend la main.

Very pleased to meet you ! Joyce sourit à nouveau. De petites rides se forment au coin de ses yeux, souvenirs des années d'attente, des mois d'angoisse, des jours passés près du téléphone, des insomnies. Mais il reste une lueur chez son amie. Chez la vieille femme, cette lumière est éteinte. La dame le regarde sans aucune curiosité.

– Dis-moi, Joyce, est-ce que ta maman aime la musique ? Une chanson particulière ?

Joyce cherche dans ses souvenirs. Pendant leur jeunesse, ses parents fréquentaient les pistes de danse. Un souvenir spécial lui vient à l'esprit. Caroline avec un vieux chapeau melon et une canne.

– Elle aimait bien les comédies musicales.

– Une chanson en particulier ?

Joyce entame une chanson, d'abord timidement, puis avec plus d'entrain et assurance :

Start spreadin' the news, I'm Lilyvin' today
I want to be a part of it, New York, New York
These vagabond shoes are longing to stray
Right through the very heart of it, New York, New York

Peter reprend, tout près de l'oreille de Caroline, murmure :

I want to wake up in a city that doesn't sleep
And find I'm king of the hill, top of the heap

La vieille dame ne chante pas, mais son visage s'illumine d'un sourire.

Bientôt, le voisin de chambre, en pyjama et pantoufles, se retrouve dans la pièce et fait quelques pas de danse.

Joyce, une fois la surprise passée, continue à chanter.

New York, New York

I want to wake up in a city that never sleeps![1]

Caroline se lève et entame quelques pas de danse au bras de l'autre pensionnaire. Celui-ci se laisse entraîner, ravi. Discrètement, Peter ouvre la porte et se glisse dans le couloir.

– Vous ne restez pas avec ces dames ? lui demande une jeune infirmière.

– Je préfère les laisser en famille.

L'idée de déposer Joyce chez sa mère lui est venue d'un coup. Il s'est demandé ce dont lui aurait besoin avant d'affronter un moment difficile. Voir ses parents, morts tous les deux depuis longtemps. Il pense souvent à eux. Joyce avait encore la chance d'avoir sa mère.

– Il y a des boissons dans la salle à côté, lui dit l'infirmière. Ou préféreriez-vous un bon bol de soupe ?

– Quelle bonne idée. Mrs McMillan ne va pas tarder. Elle doit avoir faim, elle aussi. Nous paierons si nécessaire. Un plateau complet serait le bienvenu.

Il sait qu'après les mauvaises nouvelles, Joyce n'aura plus faim et qu'elle a besoin de forces.

– I'll take care of that.

Joyce trouve Peter attablé dans la salle à manger, entouré d'un groupe de personnes âgées qui rient à une de ses blagues. Elle

---

1. Paroles de la célèbre chanson composée et écrite par John Kander et Fred Ebb pour le film *New York, New York*.

l'observe à son insu. Il est à l'aise, comme un fils qui parlerait à ses parents. Richard avait toujours refusé de l'accompagner ici. Ça le déprimait.

Elle reste encore un moment à le regarder, jusqu'à ce que l'assistant social lève le regard.

– Ah ! Tu es là !

– Merci, Peter. J'ai passé un bon moment avec ma mère pour la première fois depuis longtemps.

– Tu ne dois pas me remercier. Ta maman ne vit plus des journées entières de bonheur, mais nous pouvons lui offrir des moments heureux. Viens, assieds-toi ici. Ton repas va arriver. Je te présente John. John, voici une amie : Joyce. La fille de Caroline. John a été pilote de ligne. Son pays préféré est la Thaïlande.

Ils prennent congé de ses nouveaux amis, qui le gratifient de tapes amicales. Le moment tant redouté est arrivé.

* *
*

Jorge a guetté le départ d'Hilaria pour sonner à sa porte. Une fois la voie libre, il a foncé chez Ixchel. Son amie est très jolie, avec sa tunique blanche qui éclaire son visage. Elle est revenue bronzée de son week-end, mais se plaint d'avoir passé trois jours d'un ennui mortel. Sa mère est restée couchée sur un transat, des boules *Quiès* dans les oreilles pendant tout le séjour. De plus, la piscine était trop petite. Il n'y avait que des couples et des gars grossiers qui l'éclaboussaient et l'empêchaient de nager. La nuit, Hilaria l'a réveillée en hurlant, car elle a fait des cauchemars. Elle se demande encore pourquoi sa mère tenait tant à ce voyage.

– J'ai dû rentrer en bus. Ma mère a voulu rentrer toute seule en voiture. Elle m'a dit qu'elle devait s'arrêter à Mexico pour chercher du matériel médical. Elle rentre dans quelques jours.

Jorge n'aime pas la tournure que prennent les choses. Qu'est-ce qu'Hilaria mijote encore ?

– Quelque chose te tracasse ?

– Non, Ixi. Parlons d'autre chose. Tu as connu ton père ?

Jorge tente d'avoir l'air désinvolte, même s'il est conscient que sa voix tremble légèrement.

– Ma mère n'arrête pas de me répéter que mon père m'a abandonnée et qu'elle ne veut plus entendre parler de lui. Elle a appris par hasard qu'il était mort. Je lui suis bien sûr reconnaissante de m'avoir élevée toute seule avec mon grand-père, mais j'aurais bien aimé en apprendre plus sur lui. En plus, à la longue, ça devient lourd d'être la seule à supporter ses sautes d'humeur. Elle ne parle presque plus à mon grand-père.

– Tu sais où tu es née ? Dans le Nord ? Si tu veux, on prend le bus et on y va. On pourrait aller au registre civil, trouver ton acte de naissance. Sur un acte de naissance, il y a le nom des deux parents. On a Facebook, aussi. Ensuite, on trouve l'acte de décès de ton père.

Ixchel joue avec la bague en argent ornée d'une pierre bleue qu'il lui a donnée la veille, en lui demandant de devenir sa copine. Elle a tout de suite dit oui. Il est la première personne, après son grand-père, à la comprendre.

– Je suis allée jusqu'à Tijuana, il y a deux ans. J'ai profité d'un séjour de compétition avec l'équipe de volley-ball. Là-bas, il n'y avait aucune trace de ma naissance. C'est comme si je n'existais pas. Flippant !

– Tu as fait ça ?

– Je l'ai dit à ma mère. Elle m'a d'abord engueulée en me demandant comment j'avais osé quitter le groupe. Puis elle m'a servi toujours la même salade : on l'avait dévalisée lors de son retour à León, il ne fallait pas l'embêter avec mes papiers. Elle ne voulait pas que je lui parle une seule fois de plus de mon père. Les hommes, ce sont tous des salopards ! Fais-pas cette tête, c'est elle qui dit ça, pas moi. J'ai alors de nouveau cuisiné mon grand-père. Il ne savait rien non plus et je lui fais confiance.

Jorge serre la main d'Ixchel. Que fera-t-il sans elle ? Tout s'emboîte parfaitement. Ixchel ressemble aux photos de la fameuse Lily McMillan quand elle était enfant. Il a le tournis.

– Tu m'aimeras toujours, Ixi ?

– Pourquoi tu me demandes ça, Jorge ? Tu sais bien que oui. Toi et moi, on va finir nos études. Tu ouvriras ton atelier de réparation d'autos et moi, je vais devenir professeur de sport. Tu m'attendras pendant que je voyage pour les championnats, puis…

Jorge ne l'écoute plus. Est-ce que des projets ensemble sont possibles ? Et a-t-il le droit de tout dire à la police, de décider du destin d'Ixchel ?

– Tu resteras un peu chez moi pour écouter de la musique ? Il faut profiter que maman n'est pas là pour être ensemble.

Jorge accepte de rester pour lui tenir compagnie. À cette heure-ci, Lucho doit dormir et ils vont se retrouver tout seuls. Mais ce dont il a envie, ce n'est pas de se retrouver au lit avec Ixchel pour la première fois de sa vie, mais d'en profiter pour fouiller dans les affaires d'Hilaria. Elle n'a pas dû laisser de preuves ou d'indices, mais cela vaut la peine d'essayer. Il profitera d'une distraction d'Ixchel. Un temps de répit. Il ne sait pas encore ce qu'il doit faire.

* *
*

Une fois dans le parc du Seniors Paradise, Peter décide de tout dire à Joyce.

Il la fait asseoir au bord de la fontaine, au milieu de l'espace vert, prend une bonne respiration et la prend par la main. Le laboratoire les attend, mais il pense qu'il est préférable de la prévenir.

Il n'a même pas besoin de dire à Joyce qu'Ana Victoria Tundra n'est pas sa fille. Joyce pose un doigt sur ses lèvres.

– Ne dis rien. Tu as eu des nouvelles du labo. Si cela avait été bon, tu n'aurais pas pris tant de précautions, n'est-ce pas ?

C'est fini, Peter. Fini.

Elle ne crie pas, ne pleure pas, mais enfouit son visage dans ses mains.

Elle connaissait la vérité au fond d'elle-même. Si Ana Victoria avait été sa fille, il y aurait eu l'appel du sang, une sympathie. Les liens du sang sont forts. Cette étrangère ne lui a donné que des coups de griffe. Elle a perdu Lily, mais elle a pris une décision : à partir de maintenant, elle la tiendra pour morte. Elle abandonne la bataille. Elle organisera une cérémonie, invitera ses amis les plus proches.

– J'ai tout fait mal, Peter. Je ne pourrai jamais me pardonner d'avoir fait subir ça à Ana Victoria, à ses parents. Ils ont le droit d'être en colère.

Il la prend dans ses bras. Ils restent longtemps ainsi, jusqu'à ce que l'infirmière arrive et leur propose de rentrer en leur offrant une tasse de café.

Peter la raccompagne chez elle. Il n'est que le messager des mauvaises nouvelles, mais il souffre dans sa chair. Il ne trouve pas les mots qu'il faut. Il n'est qu'un chauffeur minable dans une voiture qui ne lui appartient même pas.

Joyce lui dit qu'elle est lasse et fatiguée. Toute sa force, toute son énergie, elle les avait consacrées à conquérir une inconnue. Il ne lui reste plus rien.

Alors que Joyce s'en va dans sa chambre, Peter compose le numéro de téléphone de Teresa.

* *
*

Hilaria avait déjà fugué pendant son adolescence, après une dispute. Elle avait pris son sac à dos et avait disparu pendant quelques jours. La mère d'une de ses amies lui avait téléphoné *Tu hija Hilaria, está aquí* ! Lucho était parti la chercher chez son amie, honteux de l'attitude de sa fille.

Cette fois-ci, elle est adulte. On ne peut pas appeler une fugue sa petite escapade à Mexico, mais cela fait déjà une semaine qu'elle a déposé Ixchel à la gare routière de Amecameca, près de Oaxtepec, et depuis elle n'a pas donné de nouvelles.

– C'est tout ce que ta mère t'a dit, Ixchel ?

– Oui, *Abuelo, je vais chercher du matériel médical à Morelia. Rentre en bus !*

Lucho n'est pas à l'aise. Si Hilaria avait eu un accident, ne devait-il pas commencer à téléphoner aux hôpitaux de la région, à la police ? Mais si jamais c'était une fausse alerte, Hilaria, avec son caractère, ne manquerait pas de le réprimander. Il décide d'attendre encore un jour ou deux.

– Si on allait manger un bout tous les deux, Chiquita ?

– « Chiquita ? » Je vais avoir quinze ans, *Abuelo.* Et j'ai un copain…

– Tu seras toujours ma petite, tu le sais.

– On va manger des tacos à la Plaza de Armas ?

Le restaurant est plein. Des musiciens jouent de la guitare. Une femme chante des « Corridos », les chants de l'époque de la révolution de 1920, racontant les exploits des soldats de Zapata. On applaudit. Ils trouvent une table dans un coin. Lucho commande une cruche de limonade fraîche et un plat avec des mets variés. Il n'a pas très faim, mais ne veut pas inquiéter sa petite-fille. Pourquoi est-ce qu'Hilaria est partie ? Besoin de prendre du recul par rapport à son travail, à sa fille adolescente ? Il garde dans son portefeuille, un bout de journal, plié. Le portrait vieillot de la petite Américaine de l'affaire McMillan. Il tâte sa poche, enlève sa main, comme s'il avait touché un objet brûlant.

* *
*

Seule dans son appartement, Joyce va du salon à l'ancienne chambre de Lily, prête pour son retour. Sur l'étagère où reposent encore les livres de sa fille et une pièce d'artisanat mexicain ramenée d'Isla Mujeres. Elle représente une chienne pleine, avec son ventre dodu. Les souvenirs de ces vacances s'agglutinent à nouveau dans sa tête. Elle essaye de les chasser, mais ses efforts sont inutiles. Les chiens mexicains hurlaient à la mort. Des gémissements qui venaient de très loin. Plus loin que la ligne d'horizon, entre l'océan et le ciel. Joyce entend encore leurs aboiements.

Le troisième soir de leur séjour au Mexique, comme Lily était au lit et Richard fatigué, il lui avait proposé de garder leur fille tandis que Joyce irait se détendre en ville.

Un chien jaune, d'une race indéfinissable, était arrivé dans la paillote où elle se trouvait en train de boire un soda. Visiblement affamé, en quête de restes de nourriture, le chien avait repéré Joyce. La bête l'avait choisie parmi les autres vacanciers qui admiraient la tombée de la nuit sur la digue. Dès qu'elle l'avait vu approcher, elle s'était dépêchée de payer l'addition, mal à l'aise, et avait abandonné le bistrot. La bête l'avait suivie. Joyce avait accéléré le pas, puis couru dans les ruelles étroites du centre-ville, dépassé le marché couvert, fermé à cette heure. Le chien, probablement excité par sa peur, l'avait poursuivie, évitant les obstacles, la charrette d'un vendeur de nourriture, une voiture stationnée. Joyce courait en longeant les portes impitoyablement closes. Au coin de la rue perpendiculaire à l'océan, elle avait vu une lumière. Une oasis dans le béton et le ciment des constructions roses et pauvres, loin des hôtels de luxe. La lumière venait d'un portail ouvert. Hors d'haleine, elle avait foncé pour s'y abriter. Le local, une boutique de souvenirs, était vide. Le chien avait passé son chemin et son aboiement s'était éteint peu à peu dans un decrescendo de hurlements. Elle était sauve. C'était donc ça, l'instinct canin. Tels les voleurs qui repèrent leur victime la nuit, les chiens vagabonds reniflaient la peur et fonçaient sur la personne dont ils flairaient la faiblesse.

Les chiens proliféraient sur l'île. Des chiennes. Le ventre plein, les mamelles pointues. Elles se baladaient, lourdes et solitaires, rasant les murs, de peur d'un coup, de la morsure d'un mâle. Et les gens disaient : *No las toque ! Elles ont la rage, la gale et des puces !* Joyce craignait d'être contaminée.

Là-bas, les chiennes *ventrues*, on ne se contentait pas de les laisser grouiller dans la rue : on les reproduisait dans des gadgets pour les touristes. Dans la boutique-oasis, il y en avait par dizaines. Une ardoise passée annonçait : 10 pesos. 15 pour deux. Et les larmes-céramiques de ces chiennes s'effritaient dans les valises pleines de linge sale des touristes de retour chez eux.

De loin arrivaient par vagues des aboiements d'autres chiennes, les yeux ronds et humides de sang. Chiennes malades de siècles d'esclavage. Les mâles, eux, se mouvaient par meutes, à la recherche de nourriture et de sexe. Comme les touristes russes ou français croisés plus tôt dans la journée sur la plage de l'hôtel. De jeunes gens en quête d'aventure, habillés de caleçons bariolés, se baladaient eux aussi en groupes, traînaient autour des transats où de toutes jeunes filles bronzaient, la peau luisante de crème solaire et serrées dans des bikinis minuscules. Peut-être était-ce leur premier voyage loin de leurs parents. Se rendaient-elles compte de ce qu'elles risquaient ? Une grossesse non-désirée, d'être droguée à leur insu, des maladies sexuellement transmissibles.

Ce soir-là, tandis que le nuage de poussière sablonneuse soulevée par les chiens se formait et se déformait, piquait les yeux et la gorge, et qu'elle était seule dans la boutique à l'odeur d'humidité et de fausse chienne, Joyce s'était retrouvée plus haut sur le continent américain, dans ses souvenirs d'enfance, au bord du lac Michigan, dont l'arôme humide envahissait la cabane de vacances. Son père pratiquait la pêche à la mouche, les petits appâts ailés reposaient sur la vieille table. *Tu peux jouer avec eux, Joycy, mais ne te pique pas* ! Car son père craignait qu'elle tombe, qu'elle se blesse. Il avait peur de tout, son vieux. *Les chiens, Joyce, éloigne-toi des chiens ! Tu es ma petite poupée en porcelaine. Si f-r-a-g-i-l-e !* Et la boutique de souvenirs avec ses chiens en terre était une île dans l'île, où Joyce avait retrouvé un abri contre tous les dangers. Et dans le silence déchiré par les chiens qui échangeaient les impressions de la journée ou des secrets, Joyce entendait aussi le murmure de son enfance, de ce lac qu'elle n'a jamais connu, mais dont elle avait rêvé souvent. La promesse d'un voyage que son père n'a jamais tenue. La cabane, les vacances au bord du lac, les conseils de son père n'existaient que dans son imagination. L'odeur de moisi, en réalité ressemblait à celle du cagibi où les nonnes l'enfermaient lorsqu'elle osait lever la voix d'un ton. Quel gâchis. Ces chiens mexicains l'avaient contaminée de leur tristesse. Cette peine s'était glissée dans son sac, avec les grains de sable incrustés dans les coquillages ramassés par sa Lily avant de disparaître.

Sa fille ne sera jamais de retour. C'est la faute aux chiens galeux, à cette île maudite. L'île des femelles malheureuses. Elle a gardé la chienne en terre entre ses mains et, dans un élan incontrôlable, se dirige vers la cuisine, la lance dans l'évier, museau, pattes et ventre volent en mille morceaux qui bientôt atterrissent dans la poubelle.

* *
*

Dans la salle bondée de voyageurs à l'aéroport de Mexico, Peter s'avance à la recherche de Teresa. Il se demande encore s'il a bien fait de l'écouter et de revenir dans ce pays, mais c'est la dernière chance qui leur reste pour trouver Lily.

Teresa l'attend parmi les chauffeurs privés, leur panneau à la main, cherchant leurs clients. Sans fond de teint ni mascara, la véritable Teresa lui apparaît belle. Teresa a une petite cicatrice au menton, une trace d'une ancienne varicelle lui donne un air jeune. Comment était-elle enfant ? Aussi cynique et casse-gueule qu'aujourd'hui ? Elle s'approche de lui pour l'embrasser. Peter se détourne, regarde à gauche et à droite :

– Ton mari n'est pas avec toi ? Il t'a laissé sortir pour que tu fasses encore des tiennes ?

Il lui en veut encore de lui avoir posé un lapin il y a dix jours, mais il devrait se contrôler. Il est là pour trouver des pistes, pas pour régler ses comptes avec elle. Le détective Marlowe se montrerait plus pro.

La jeune femme rit de plus belle.

– Hola Peter ! Moi aussi je suis ravie de te voir ! J'ai loué une voiture, elle est dans le parking. Viens et arrête de faire cette tête !

Les aéroports, les halls bondés et bruyants, il a déjà donné. Des au revoir et des espoirs déçus à n'en plus finir. Il se force à se redresser, pour garder la tête haute. Une fois dehors, les voyageurs s'agglutinent à la recherche d'un taxi, d'un bus, de quelqu'un. Il a une furieuse envie de faire demi-tour.

– Vas-y, Teresa. Qu'est-ce que tu as pour moi. Rápido !

– La police mexicaine à León, à 500 kilomètres d'ici, a reçu un appel anonyme. J'ai un copain flic.

– Ben voyons !

– Arrête ça Peter. Bon, si tu veux tout savoir, je ne suis pas mariée.

– Ben voyons.

– Crois-moi. C'est une astuce pour me protéger.

Un voyageur pressé pousse Peter, s'en excuse. Teresa sort de son sac le ticket du parking. Il fait chaud. Peter ouvre sa veste.

– Te protéger ? De quoi ? De moi ? C'est la première fois que j'entends une bêtise pareille.

– Tu ne vis pas à Mexico, toi. Que des machos!

– Parce que moi...?

– Si on enterrait la hache de guerre ? Pour les besoins de l'enquête ? Tu veux savoir oui ou non, ce que j'ai découvert ?

Peter s'arrête face aux ascenseurs. Des voyageurs avec des valises y montent, mais Peter reste sur place.

– Dis-moi ce que tu as découvert.

– Il y a eu un appel à la police. La personne en question n'a pas voulu donner son nom, mais a parlé d'une histoire d'adoption d'une petite blonde dans sa famille, il y a douze ans... Quelle coïncidence, tu ne crois pas, Peter ? Attention ! L'ascenseur se referme...

– C'est qui cette personne ? Elle est où ?

– C'est là que ça se corse. Mon copain policier m'a dit que la personne s'est rétractée et a raccroché.

– On a pu tracer l'appel ? C'était un homme ou une femme ?

– Mon copain n'a pas voulu me dire. Tout ce que je sais, c'est qu'on a identifié la connexion à León, une ville à cinq cents kilomètres de Mexico.

– On y va !

– Quoi, maintenant ?

– Tu m'as dit que tu n'as pas d'attache. Prouve-le-moi ! Tu me guides et je conduis.

* *
*

León les reçoit sous une chaleur étouffante. L'air est saturé de poussière et d'une odeur de gaz d'échappement de voiture.

Dans le commissariat de police central, Peter et Teresa doivent attendre dans la salle bondée, assis sur des chaises en plastique rigide.

Un homme crie des incohérences. Peter ne comprend rien à ce que le type raconte, ou alors c'est que son espagnol n'est pas bon. Il hausse la voix.

– Il y a un monde ! Tu crois que ton copain va nous recevoir ?

Teresa s'approche de lui. Elle porte toujours le même parfum. Du chèvrefeuille.

– On a rendez-vous.

L'homme bruyant a réussi à se libérer de ses gardes et fonce vers la sortie. Deux agents en uniforme partent à sa poursuite.

– Il y en a ! dit Teresa.

– Qu'est-ce qu'il a dit d'autre ?

– Mon copain ? Que la personne au téléphone était nerveuse. C'est ça qui m'a fait tiquer : s'il s'était agi d'un canular, le ton aurait été différent.

Dehors, il y a toujours des cris.

– Tu crois qu'on va le rattraper ? demande Teresa.

– Le kidnappeur ?

– Non ! L'homme qui vient de s'enfuir. Je suis désolée de t'avoir menti, Peter. L'histoire du mari, c'est plus fort que moi…

– Ce n'est pas comme ça que tu vas te marier un jour ! Je t'avais crue.

Derrière le comptoir, un homme en civil leur fait signe de s'approcher. Il serre chaleureusement Teresa dans ses bras.

– Teresita, mi vida ! Bienvenida a León !

Se retournant vers Peter, il le dévisage de haut en bas.

– Welcome my friend. Come in !

Il s'excuse de les avoir fait attendre. D'une pile de papier, il sort une liste imprimée.

– Es todo lo que tengo…

C'est tout ce qu'il a, quatre pages de numéros de téléphone. Le policier dit que le préfixe vient effectivement de la ville et jure qu'il ne peut leur donner plus d'information. Les poussant vers la sortie, il demande à Teresa de cacher les papiers dans son sac. Il lui donne aussi une clé et une adresse.

– Vous pouvez passer quelques jours chez moi. « Mi casa es su casa ». C'est petit, mais le quartier est sûr. Je dormirai chez un ami. Tenez-moi au courant. Si vous découvrez quelque chose, ne faites rien. J'arriverai tout de suite.

– On a du boulot ! dit Teresa en démarrant la voiture.

– Pourquoi il fait ça ?

– Quoi ça ? M'aider ? Il me doit un service. C'est donnant donnant.

– Non. Je veux dire, nous donner des pistes. Il pourrait…

– Tu n'as pas compris ? La police n'est plus intéressée par cette affaire. Ils ont tellement foiré qu'ils n'ont plus envie de perdre leur temps et leur réputation. Par contre, si nous trouvons quelque chose, j'ai promis de les prévenir… D'appeler les journalistes juste au moment où ils débarqueront, en héros. C'est deal.

– Tu es toujours partante pour m'aider ?
– Et comment ! Je commençais à m'ennuyer.

* *
*

Il est tard lorsqu'ils arrivent dans l'appartement du policier à la *Colonia Nueva Patria.*

– Tu peux dormir sur le canapé. On gagnera du temps pour travailler à fond. Rassure-toi, je ne vais pas te sauter dessus ! J'ai compris.

– Tu as compris que je n'ai plus l'âge de jouer. C'est bien ça. Je suis désolé.

Peter est exténué après les cinq heures de route et l'attente au commissariat. Teresa fait la tête pendant un moment, mais au bout d'un moment, elle lui sourit et se met à faire la cuisine. Elle lui sert une assiette de pâtes au pesto et ouvre une bouteille de vin de Californie.

– On pourra laisser un billet sur la table, pour rembourser Pedro de sa générosité… On a au moins une cinquantaine de coups de fil à donner. Mais je me demande ce qu'on peut obtenir…

– Lorsque j'étais étudiant, j'ai pris un job dans un call center. Je vendais des meubles.

– Je ne vois pas du tout…

– Laisse-moi finir. Je devais bien sûr définir les besoins du client, lui poser des questions. On ne vend pas un canapé six cinq places à un célibataire, ni une chaise design à une honorable mère de dix enfants. C'était bien sûr une autre époque, mais cela vaut la peine de tenter le coup. Si la famille a une fille de quinze ans…

– Et si on faisait du porte à porte ?

– Il vaut mieux commencer par téléphoner, crois-moi. Et ne sois pas pessimiste, Teresa. Je commence.

Bonjour je vous appelle de Muebles de León. Nous faisons une enquête pour savoir ce dont les personnes de votre quartier ont besoin. Est-ce que je peux vous poser quelques questions ? Cette information restera bien sûr confidentielle. Juste pour vous proposer le produit le plus adéquat...Combien de personnes vivent chez vous ? La couleur claire est appropriée s'il y a de jeunes gens à la maison...

Peter tombe chez un retraité veuf, puis dans une famille nombreuse. Dans un autre foyer, une femme s'excuse, elle n'a pas d'argent pour des meubles, mais elle lâche qu'elle vit en couple sans enfant. Une autre se plaint que son mari boit tout l'argent qu'il gagne.

Lorsque c'est Teresa qui appelle, Peter lui souffle les questions, guide l'interview. Ils ont une lueur d'espoir lorsqu'ils tombent chez un couple d'homosexuels. Ils ont adopté une jeune fille, il y a dix ans. Ils prennent rendez-vous pour le lendemain matin pour « le cadeau de promotion ». Ils ont pris soin d'acheter une dizaine de boîtes de biscuits.

Peter s'endort d'un sommeil de plomb. Il s'éveille le lendemain en sursaut. Teresa fait déjà passer le café.

– Tu as bien dormi, Peter ?

– J'ai hâte d'aller voir ça... c'est loin d'ici ?

– On y sera en quelques minutes. Bois et mange...

Dans la maison modeste à un étage, un homme d'une quarantaine d'années les reçoit. Il est déçu d'apprendre qu'il n'y a pas de cadeau, mais que Teresa et lui sont des assistant sociaux à la recherche d'un enfant disparu.

– Que desgracia ! Una niña perdida ! dit l'homme en serrant dans sa main l'identification de Teresa.

Avec beaucoup d'assurance, il va chercher l'acte d'adoption et la photo de sa fille. Elle est noire.

Après s'être excusés, Teresa et Peter rentrent à l'appartement, découragés.

– Il reste encore deux pages de numéros.

Attablé devant une tasse de café, Peter se prend la tête entre les mains. Quelque chose lui échappe.

– Attends voir… Il n'y a qu'un numéro de téléphone avec un indicatif différent !

– Je n'avais pas remarqué.

– Une cabine téléphonique, c'est possible ?

– Est-ce qu'on peut avoir l'heure de cet appel ?

– Oui… sur une liste plus complète. Je l'ai. Dix-sept heures trente-deux.

Peter ne répond pas, attrape le téléphone. Une jeune fille lui répond. Elle dit que sa mère est en voyage, mais que de toute façon cela ne les intéresse pas. Peter fait signe à Teresa de prendre le deuxième appareil dans la pièce.

* *
*

Lucho n'a pas envie de rentrer chez eux. Il propose à Ixchel de faire un tour au parc de leur quartier.

Des enfants jouent à la balançoire, se chamaillent. Une bande de garçons jouent au football. Jorge est là.

– Ixchel! Hola, Abuelo.

Lucho décide de leur payer une glace. Jorge boit des yeux Ixchel. Lucho en est touché. Sa jeunesse est loin, celle de sa propre fille aussi. Il voudrait bien faire marche arrière, avoir à nouveau quinze ans, lorsqu'il a fait connaissance de sa femme. Impossible.

Il observe un moment Jorge jouer avec les gosses du quartier, Ixchel s'est jointe à eux.

S'il parlait, tout ça disparaîtrait.

Lorsqu'ils rentrent, le téléphone sonne. Ixchel prend l'appareil.

– C'est qui ? demande Lucho.

– Un vendeur de canapés, je vais raccrocher.

– Ne fais pas ça, *Ixchel.* Ces pauvres gens ne cherchent qu'à gagner dignement leur vie. Passe-moi le combiné.

– Il y a des escrocs, grand-père, lui dit Jorge. Il faut rester prudent.

– Je suis pauvre. Qu'est-ce que tu veux qu'on me vole ?

C'est un homme très poli au téléphone, avec l'accent américain. Lucho s'excuse, ils ont à peine de quoi se nourrir dans ce foyer. Le vendeur lui dit que ce n'est pas grave s'il n'achète rien. Les renseignements lui serviront à justifier son travail de la journée, face à son patron. De plus, il lui apporterait un petit cadeau pour le remercier. Ils ne resteraient pas longtemps, n'auraient même pas besoin d'entrer, si ça peut le rassurer.

* *
*

Teresa, a bien voulu l'accompagner dans la maison du vieil homme.

Lucho Buendia leur ouvre la porte. Un homme ridé, l'air fatigué. Il est vite rejoint par un jeune homme au look gothique et une jeune fille blonde. Peter ne dit plus rien, fixe la jeune fille, ému. C'est elle. Le portrait craché de Joyce. Lily McMillan est devant eux.

* *
*

Vendredi soir, une semaine après la révélation des résultats négatifs des tests, l'inspecteur Donaldson se rend chez Joyce sans s'annoncer. Peter est avec lui.

La police locale de Léon, une ville industrielle au centre du Mexique, a trouvé sa véritable fille. Elle a reçu un coup de fil anonyme. Lily, la véritable fille de Mrs McMillan, se trouve là-bas. Cette fois-ci, aucun doute. Des photos de la jeune fille sont arrivées tout aussi anonymement par la poste peu après. Des photos de Lily à deux ans. Elle porte aujourd'hui le nom d'Ixchel. Joyce tremble en prenant le cliché dans ses mains. C'est Lily.

– Bien entendu, la police scientifique procède à toutes les vérifications d'usage. Un nouveau juge a été désigné. Après le scandale de la rafle de la police dans l'école d'Ana Victoria Tundra, les tests ADN seront effectués sur place cette fois-ci.

Joyce se laisse tomber dans un fauteuil. Elle ne veut plus y croire. Elle s'est trompée tellement de fois.

– Je suis heureux pour vous, Joyce. Vous avez eu de la chance de ne pas être poursuivie pénalement pour des faits aussi graves ! Heureusement que le juge a admis des circonstances atténuantes. Préparez votre chéquier. Le magistrat mexicain qui a donné l'autorisation d'expatriation de la jeune fille trop tôt et sans précautions a été démis de ses fonctions. En attendant, votre fille Lily sera là sous peu, dit l'inspecteur.

– Je l'ai vue de mes propres yeux, Joyce. Elle est magnifique. Teresa, de SOS Niños en peligro m'a aidé. Et dire que je ne lui faisais pas confiance.

Il prend la main de Joyce. Elle est douce et chaude.

– Qui est le kidnappeur ? Est-ce que ma fille a été…

– Je vous rassure, dit l'inspecteur. Votre fille est saine et sauve. D'après les informations que je possède, elle a grandi normalement. Une fille tout à fait épanouie et scolarisée. Une femme l'a enlevée. Une déséquilibrée. Heureusement, le père de l'intéressée a fait la différence. Un brave homme. Il n'était pas du tout au courant de ce kidnapping. La criminelle, une certaine Hilaria Buendia lui avait fait croire à une adoption. Elle a pris la fuite. Cette ordure est activement recherchée.

– Hilaria Buendia ! Mais je la connais !

– Votre voisine à l'époque, on m'a dit. On la soupçonne aussi du meurtre de Patty Peterson.

– Patty ? Pas elle ! C'était…

– Je suis navré. On avait cru à un décès naturel, causé par une grave crise d'asthme, juste avant l'enlèvement de Lily. Une nouvelle enquête est ouverte, car il n'y a pas de prescription pour le meurtre. On va exhumer le corps. On soupçonne un empoisonnement. Je m'excuse de vous donner ces détails.

L'inspecteur parti, Peter met un plaid sur les épaules tremblantes de Joyce.

– Je n'aurai pas la force de recommencer, Peter. Ana Victoria, c'était très difficile. J'ai peur de recommencer. Je ne pourrai pas supporter un nouvel échec. Et si c'est elle, je me suis découverte incapable de parler à une ado que je connais à peine !

– Si, Joyce. Tout est différent, cette fois-ci. Rassure-toi, tu n'es plus toute seule. Je suis là.

* *
*

Dans le hall de l'hôtel où elle doit séjourner avant son départ aux États-Unis, bien gardée par une assistante sociale et des policiers, Jorge tente de consoler Lily.

– Il ne faut pas que tu aies peur. La peur, c'est nul. La peur est néfaste, ne permet pas d'avancer.

– Ils ont été nuls. Abuelo n'a rien à voir avec mon enlèvement ! La police l'a menotté et embarqué. Tu peux l'imaginer dans une voiture de police ? Ils ont mis la maison sens dessus dessous. Ils ont vidé tous les tiroirs. Mes cahiers, mes vêtements, les figurines en verre de l'Abuelo, tout par terre. Un des policiers m'a dit qu'Hilaria Rodriguez n'était qu'un imposteur. Elle n'est pas ma mère ! Je n'avais rien vu.

Jorge ne trouve pas les mots qu'il faut pour la consoler. Il sait qu'Ixchel est attendue, qu'elle sera heureuse. Pour lui, ce sera plus compliqué. Il est persuadé qu'une fois son amie partie, il recommencera à rentrer direct chez lui. Il traversera les quartiers des usines désaffectées de León, là où il y a à peine quelques années la ville était prospère, où les panneaux « J'embauche » fleurissaient sur chaque entrée de manufacture. Il longera les barrières rouillées et cassées rappelant la prospérité, l'espoir des ouvriers et de leurs familles. Il n'a jamais raconté sa peur à personne, sa panique lorsqu'au bout d'une impasse il croise une ombre, parce qu'il sait depuis qu'il est enfant que le trouillard est perdu d'avance. Les salopards, comme les bêtes, flairent l'odeur de la peur, la guettent et finissent par attraper leur proie. Un pas sûr est la meilleure protection dans les quartiers de la périphérie morte de Léon. Sans Ixchel, ce sera plus difficile pour lui.

– Tu lèves la tête et tu affrontes, Ixi. Il n'y a que ça à faire.

– Mr et Mrs McMillan, mes véritables parents, m'attendent chez eux, dans le nord des États-Unis. Ma mère… Hilaria a pris la fuite. Elle m'a volé tout ce que j'avais. Parce qu'elle avait besoin d'une poupée pour jouer. Pourtant, j'ai honte de le dire, je l'aime. Quand j'étais malade, elle me soignait. Elle était si contente le jour de paye ! Il fallait absolument qu'elle m'achète quelque chose, qu'elle me fasse un cadeau. C'est elle qui m'a offert ma première balle de volley-ball.

– Est-ce que tu as eu de ses nouvelles ?

– Aucune. Elle est partie juste avec sa valise de week-end, sans me dire au revoir. Elle a pris toutes les économies de mon grand-père. Qu'est-ce qu'il va devenir ? Elle m'a menti jusqu'à la fin.

– Il a son amie Lourdes. Elle ne va pas le laisser tomber, elle. Tu n'as pas vu comment elle le regarde ? Ne pleure pas, Ixi. Viens là !

Elle se blottit dans les bras de Jorge. Elle n'avait jamais rien demandé, ni à partir en vacances Dieu sait où, ni à suivre une étrangère, ni à quitter sa mère, ni à changer de pays, de langue et de nom. Elle est tentée de refuser de partir aux États-Unis, de retarder le moment de rencontrer celle qu'on dit être sa maman : Joyce McMillan. À la télé, elle a vu le visage d'Ana Victoria Tundra, « l'autre » fille, celle que cette Américaine avait prise pour elle. Sa ressemblance avec elle l'a frappée.

– Je me demande comment est ma vraie mère, je veux dire, son caractère. Elle est très belle !

– Je comprends maintenant pourquoi tu es si jolie… Pleure pas. Tu vas bientôt être fixée.

– Je ne saurais pas quoi lui dire.

– C'est elle qui va parler. Elle va te couvrir de questions. Tu n'auras qu'à lui répondre.

Ixchel hausse les épaules. On lui a dit que son père est vivant. Elle avait tant désiré avoir un père ! Elle en a un aujourd'hui. Elle essaye d'imaginer son visage, son caractère, le ton de sa voix lorsqu'il l'appellera Lily !

– J'ai hâte de voir son visage. Hilaria m'avait donné la photo d'un homme. Je me demande aujourd'hui qui il est. Un amant ? Je l'ai déchirée et jetée dans les w.c.

– Tu vas pouvoir sortir d'ici, Ixi, faire des études, apprendre l'anglais.

– Ça va être dur. La Caroline du Nord est si loin !

– Sois courageuse. J'ai trouvé un travail dans un fast-food. Je vais économiser et je viendrai rendre visite avec l'Abuelo. Tu vas trouver une super équipe de volley-ball et je viendrai assister à tes matches. Tu seras en première division ! Ils sont forts, aux States. Avec l'avion, ça va vite. Lucho, on va le disculper, tu verras. Il n'y a qu'à parler avec lui pour se rendre compte comme il est bon. L'avocat de la paroisse est déjà en train de l'aider, et moi, je vais prendre soin de lui. Il pourra récupérer Peluche ! Il sera d'accord de revenir avec Abuelo.

– Peter, l'assistant social américain, m'a dit que ma mère biologique est quelqu'un de bien. Quoi qu'il arrive, elle me laissera vivre où je voudrai et tu as raison, je pourrai revoir Abuelo et l'aider, quand la police le disculpera et que le juge donnera son feu vert.

– Je t'ai apporté une valise avec des vêtements cool pour toi. Ma sœur dit que tu ne peux pas partir aux States déguisée en *Fée Clochette*. Ne fais pas cette tête ! Moi, tu me plais comme tu es !

* *
*

Les avions déchirent le ciel. Ils laissent dans leur sillage des lignes blanches vite effacées par le vent. Lucho pense à ce qu'il a lu dans un livre de la bibliothèque. Il existe en Arizona un cimetière d'avions. Mille hectares d'épaves au service de l'US Air Force. Des Boeings B1 Lancer, des F14 Tomcat qui ont oublié la guerre, des Canadairs, des Douglas A-26C, des engins de chasse fatigués de leurs va-et-vient entre la Russie et l'Amérique. Des centaines de carcasses s'alignent comme des écoliers. Certaines, abandonnées sur le ventre, ne sont qu'un tronc ; d'autres ont égaré leur moteur, cœur arraché à leurs entrailles. Le plus souvent, ces oiseaux d'acier ont perdu leurs ailes. Rouillés, ils reposent alignés, sans avenir. Lui aussi, il a perdu ses ailes et n'a plus de lendemain. Il n'a même pas pu dire au revoir à sa petite-fille. La police l'en a écarté, après trois jours de détention. Heureusement, l'avocat l'avait aidé. Mais il reste amer : il paye la faute d'Hilaria. Il accepte sa part de responsabilité, car il savait sans savoir. Tous ces indices sous son nez depuis toujours. Il avait fermé les yeux. Et la mort de la mère d'Hilaria ! Il sait au fond de lui-même qu'elle a été assassinée. Dans son souvenir, il a toujours préféré la croire morte par maladie, pas parce qu'elle avait mal agi, soulevé les passions. Elle était si sexy, aimait tellement la vie et les hommes. Hilaria, Lourdes, il ne les a jamais voulu écouter.

Il reste debout, la plus droit possible, dans le hall des départs. C'est redresser, c'est rester digne. Il serre dans ses mains son mouchoir humide de larmes. Il a l'interdiction d'approcher Lily McMillan à moins de cinq cents mètres.

Jorge l'accompagne, comme le ferait un fils.

Ixchel, *Lily McMillan*, a passé le contrôle. Il peut alors pleurer sans retenue. Les services sociaux sont arrivés la veille avec la police. Ils ont fouillé la maison de fond en comble et ont trouvé sous clé un ordinateur et des pages de journaux déchirées. Tous les articles relatant le kidnapping de Lily McMillan. Pire : jaunies, des photos d'Ixchel enfant. Un bébé heureux, dans les bras d'un couple inconnu, face à un immeuble d'appartements. Il a cru que le sol se dérobait sous ses pieds.

Humiliation ultime, un policier grossier a ri grassement en trouvant les dessous provocants d'Hilaria. Lui qui ignorait qu'elle voyait encore des hommes. Est-ce que sa mère aussi cachait des sous-vêtements provoquants quelque part ?

Hier soir, en préparant la valise d'Ixchel sous les yeux sévères de deux agents, Lucho y a mis la robe que Lourdes a confectionnée pour sa fête d'anniversaire. Une surprise enveloppée dans du papier cadeau, assorti au tissu. Il y a fourré aussi son t-shirt favori, ses trois jeans troués, ses CDs et cet ourson que la jeune fille n'a jamais délaissé, une peluche usée et raccommodée maintes fois à une patte. Il a aussi glissé un livre de contes dans son bagage. Celui qu'il avait l'habitude de lui lire le soir avant qu'elle ne s'endorme, quand elle était enfant. Ce soir dans le pays, la maison, la chambre qui seront dorénavant les siens, Ixchel retrouvera ce livre et pensera peut-être à son vieil Abuelo. Ou pas. Dans l'excitation du moment, qui sait ? De toute façon, elle l'oubliera. Il pleure de plus belle. Jorge est maladroit et gauche, son bras hésite, il esquisse un mouvement vers lui s'arrête, finit par sortir un nouveau mouchoir en papier.

Dans ces contes d'enfant qu'il lui lisait le soir jusqu'à ce qu'Ixchel apprenne à lire, il y avait un peu de tout : des histoires fantastiques, des récits de cow-boys, de princesses épanouies et d'animaux insouciants. L'histoire du pingouin était sa préférée. Une baleine avait avalé sa mère. Orphelin, il avait été accueilli par une chèvre nourricière. Drôle de combinaison, une chèvre et un pingouin.

Lucho avait élevé Ixchel, la petite Américaine, nourrie de joie, de lait au chocolat et d'histoires qui finissent bien. Douze ans plus tard, Ixchel, devenue une belle adolescente, s'en va. Ixchel la musique, Ixchel la danse et le bonheur. En ce jour de départ, à la maison, dans le couloir d'entrée, il n'y aura plus la paire de sandales, la préférée d'Ixchel. Usées jusqu'à la corde, mais toujours propres. Pendant des années, elles avaient été le signe que la jeune fille était quelque part dans la maison, peut-être jouait-elle avec Peluche, écoutait de la musique ou bien riait au téléphone. Lucho craint le silence qui s'insinue déjà dans sa vie.

Jorge, près de lui, a le regard perdu.

– Nous irons lui rendre visite. Vous verrez, Abuelo.

Il n'entend pas la fin de la phrase, à cause d'un nouvel avion au-dessus d'eux. Jorge sourit et passe son bras autour des épaules de Lucho.

– Ça ira…

Je voulais seulement la prendre dans mes bras ! Tu te rends compte ? Ils ne m'ont pas laissé l'approcher. Je ne pourrai plus le faire.

Tout à l'heure, les journalistes leur ont demandé qui avait fait la dénonciation à la police. Ils ont tous les deux répondu qu'ils l'ignoraient. La propre kidnappeuse, prise de remords ? Le grand-père ? Le petit ami qui avait découvert le pot aux roses ? Tous l'aimaient et ne voulaient pas la perdre et pourtant, l'un d'eux avait franchi le pas. Celui qui en a eu le courage ne le dira à personne. C'est comme ça avec les secrets.

Comment rester dorénavant entre les murs d'une maison remplie de souvenirs ? Lucho a du mal à respirer. La police a réussi à attraper Hilaria, retrouvée dans un parc près de la frontière du nord, habillée de sa blouse blanche de travail, elle tournait autour d'une petite fille qui jouait toute seule.

Hilaria est dans la terrifiante prison d'Islas Marías. Il y aura un jugement en assises. Il sera obligé d'y assister en tant que témoin. Jusqu'où iront ses forces ? Un avocat pro deo est venu le voir. Qui sait ? Peut-être qu'il sera déjà mort ce jour-là. Il l'espère.

À travers des grandes vitres du hall, il voit la pluie qui commence à tomber. Il imagine des larmes. Une pour chaque parent. Tous finissent un jour par pleurer. Pour les plus chanceux, ce ne seront que de simples bruines, pour les autres, de véritables tempêtes. Où avait-il failli ? Un grain de sable s'était glissé dans la machine de sa paternité et tout s'était arrêté. Lucho n'a jamais voulu être le père d'une délinquante, mais il a été complice à son insu, à cause de son bête aveuglement.

Lentement, il porte les doigts à sa bouche, se ronge les ongles.

– Eh ! Abuelo ! On dirait un ado ! Arrêtez.

Le bruit d'un nouvel avion qui décolle retentit. Le grondement ne dure pas longtemps. Il est parti. Tout comme Ixchel. Une étoile filante.

– Venez avec moi, Abuelo. Eh ! Regardez qui est là ! La Señora Lourdes. Essuyez vos larmes, vous ne voulez pas qu'elle vous voie pleurer, si ?

Lucho n'essuie pas ses larmes, va rejoindre son amie et dans ses bras, il pleure de plus belle.

Jorge les regarde et sourit. En définitive, il y a un âge où il n'est plus nécessaire de mettre un masque pour séduire une femme.

* *
*

Décembre. La température a chuté. Malgré son pantalon en tweed et son col roulé en laine, Joyce tremble. Lily est partie au Mexique pour rendre visite à Lucho, disculpé après une longue enquête. Elle plaint celle à qui Lily a été arrachée après tant d'années de soins et d'amour.

Aujourd'hui que la quête de sa fille perdue est finie, les visages de Lily et d'Ana Victoria se fondent dans un hologramme. En chaussettes, Joyce déambule d'une pièce à l'autre. Il fait frais dans sa chambre. D'un geste mille fois répété, elle s'empare de son portable, ouvre la fenêtre de Twitter. Y apparaissent des tweets en enfilade. Elle lâche l'appareil. Sur son lit repose une couverture d'Orient, achetée lors d'un voyage avec Richard en Jordanie. Elle représente un jardin oriental. Les couleurs sont passées à cause de nombreux lavages. Quatre carrés représentent le paradis. Une rivière sacrée traverse le clos, où on devine un potager et un verger. Sur un coin de la couverture, un musicien joue du tar. Pour rien au monde, elle ne se serait séparée de cette pièce, une belle œuvre d'art. Suivant une impulsion, elle se couche, s'enveloppe dans la couverture. Elle ferme les yeux, laisse la chaleur l'envahir.

Pour connaître le paradis, il faut avoir vécu l'enfer, lui a dit Peter un jour. Dans le silence de l'appartement, la ville même s'est tue, respectueuse de ces retrouvailles avec elle-même. Joyce ferme les yeux et accueille sa solitude. Elle ignore si elle se trouve au paradis. Non. Sur sa peau, les fils de soie tressés la piquent. La pointe des flammes de l'enfer de l'artiste ? Elle a enfin retrouvé sa fille, mais elle découvre le vide. Son absence et sa recherche effrénée remplissaient chaque minute de sa vie. Aujourd'hui, une large faille la coupe en deux.

Les yeux toujours fermés, elle s'imprègne de tout ce que l'artiste oriental a imprimé de sa main. L'eau de la rivière perse se répand sur elle, l'irrigue comme le sang dans ses veines. Elle la sent couler sur son corps, chaude et réconfortante. L'odeur du jardin de son enfance est là : de la glycine et du muguet. Des notes harmonieuses la bercent. Joyce dans les limbes, dit-elle à voix haute. Elle est à nouveau dans le ventre de sa mère. La déesse de l'Île aux femmes l'accueille en mère nourricière, réconciliée enfin. Elle est fœtus, chrysalide prête à éclore. Plus de douleur, plus de regret. Elle s'endort dans une ville en suspens.

Peter la retrouve endormie. Il l'observe longtemps, jusqu'à ce que le sommeil le gagne, lui aussi.

Le lendemain matin, c'est elle qui le réveille. Elle est belle avec ses cheveux remplis de lumière et en désordre, son pyjama en flanelle, la veste où manque un bouton qui laisse entrevoir ses seins blancs et ses imperfections.

– Je ne t'ai pas entendu arriver, Peter.

– Je n'ai pas voulu te réveiller.

Joyce a perdu l'habitude de se raconter. Il paraît que ça se réapprend. Un jour, elle racontera à Peter cet instant où elle a senti la chaleur de l'Orient, entendu la musique douce du luth, senti les arômes parfumés du jardin oriental.

– Est-ce que tu as revu Ivy ?

– Oui, j'ai dîné avec elle. À l'heure qu'il est, elle doit déjà être arrivée à Christchurch. Elle commence son nouveau travail lundi.

– On se retrouve tous les deux sans enfant.

– Nous avons eu l'occasion de parler de son départ. Elle m'a dit qu'elle me téléphonera. Elle a besoin de voyager, de voir autre chose. Tout comme Lily. Elle a préféré aller en internat. C'est mieux pour toutes les deux. Il y aura les vacances pour apprendre à se connaître.

Peter prend les mains de Joyce dans les siennes. Il ne lui a pas encore parlé de ses projets. *Il y a bien quelqu'un qui a besoin de toi, papa ! Il y a des gens en difficulté à tous les coins de rue !* La décision de quitter son association avait été difficile, mais c'était fait.

Il n'a pas encore parlé à Joyce non plus de la bague qu'il garde dans la poche de son pyjama. Ivy a raison, la vie est encore là, il ne doit pas la laisser filer. Monsieur O'Higgins a accepté sa démission, en le félicitant pour le bon travail de détective qu'il avait réussi à faire. Il l'a informé qu'il était temps que lui-même prenne sa retraite et laisse la place aux jeunes. *Ils ont des idées nouvelles, de l'énergie.* Le directeur de l'association ne se trompe pas. Il pense à la jeune Ana Victoria. Du caractère ! Elle n'avait pas sa langue en poche. Elle a tenu à être dans la même école que Lily. Qui l'aurait cru un jour ? Ses parents avaient accepté de la laisser partir avec la véritable fille de Joyce. Ils ont abandonné les poursuites, le paiement des études d'Ana Victoria constituant un dédommagement largement suffisant.

– Lily a intégré l'équipe de volley-ball de l'Art School. Ana Victoria lui apprend la peinture. Elles se ressemblent tellement ! On dirait des jumelles.

Joyce pose sa tasse de café sur la table de nuit. Il l'attire contre lui, entame une danse et chantonne un air que Joyce ne connaît pas.

– Une seule chose, Joyce. Je n'aurai jamais les moyens de t'offrir ce à quoi tu es habituée. Tout ce luxe…

– Oh ! Depuis que je ne suis plus toute seule, je n'en ai plus besoin.

– Je vais te montrer des photos, avec mes propriétés…

Elle cherche sa tablette. Où est-ce qu'elle l'a laissé ? Peter l'arrête, la serre contre lui.

– Ces engins électroniques…Tu ne penses pas que ça commence à devenir un esclavage, Joyce ?

Une addiction. Voilà, elle a réussi à mettre un mot sur cette envie, cette impulsion qui la prend jour et nuit, parce qu'elle a cru que le bonheur était possible à travers ces images. « Un bonheur concentré ». Au début, la joie viendrait au moment de retrouver Lily, mais peu à peu, le monde entier s'est invité jusqu'à dans sa chambre, jusqu'au plus intime d'elle-même. Pour le bon et pour le pire. Elle qui voulait chasser ses démons, la solitude, l'angoisse, est devenu le réceptacle des peurs des autres. Son iPhone était son doudou, sa tablette, un verre d'alcool.

– Je sais. Je vais avoir besoin d'aide.

Elle doit guérir car elle ne veut pas le perdre, comme elle a perdu Richard. Pour Lily, pour elle-même. Peter se détache d'elle, embrasse ses mains.

– Dis-moi, Joyce, tu crois toujours qu'on n'a plus l'âge d'aller se balader au parc ?

Joyce rougit. C'était stupide de lui avoir dit ça, l'autre jour au café. À présent, elle a hâte d'enfiler ses chaussures de marche, une veste, et de marcher dans les allées bordées d'arbres dépourvus de feuilles, main dans la main avec lui.

– Parce que tu viendras me voir, n'est pas ? Au parc du Seniors Paradise. À partir de la semaine prochaine, je t'attendrai pour ma pose de midi. Nous pourrons pique-niquer avec Caroline. Je viens de signer mon contrat.

– Toi ? Dans la maison de retraite de maman ?

– Je suis assistant social, je te rappelle. J'ai l'une ou l'autre idée pour amuser ces messieurs-dames. La directrice est partante. J'ai hâte d'y être. Tu sais que je me suis déjà fait deux ou trois copains ? On va former un orchestre. Le vendredi soir, il y aura soirée dansante. Robe de gala requise, ma chère !

– Oui, c'est ça ! Mais je te connais Peter. Tu es un assistant social, mais ce sera plus fort que toi. Au prochain vol de bijoux ou disparition suspecte, tu ne pourras pas t'empêcher d'enquêter par toi-même, jusqu'à ce qu'on trouve le coupable. Je ne t'ai jamais dit que tu es aussi beau que Humphrey Bogart ?

Le murmure des voix des visiteurs du dimanche arrive du couloir par vagues. Lily pousse la porte de la chambre de Caroline. Le sourire de la jeune fille est à fossettes, elle incline légèrement la tête. Ses sourcils ont une forme circonflexe, comme un étonnement. Cheveux blonds bien coiffés, en coupe droite. Son corps est élancé. Elle porte une veste en laine à carreaux et un jeans.

La chambre est plongée dans la pénombre. Des silhouettes se découpent : l'ombre imposante d'une armoire, un lit individuel. Dans un fauteuil, la vieille femme regarde l'écran de la télévision muette. La lueur artificielle éclaire son visage zébré, et donne à ses cheveux blancs un reflet bleuté.

La jeune fille fait quelques pas vers sa grand-mère. Elle serre dans ses bras un chaton gris, minuscule. Celui-ci lève la tête, miaule. La vieille femme tourne la tête vers eux.

– Il est là ! Tu l'as trouvé où, Joyce ?

Elle a ouvert grand ses yeux bleus et ses joues se colorent.

Je suis Lily, ta petite-fille. Je ne suis pas…

Elle s'interrompt, dépose le chaton sur les genoux de Caroline. La bête ferme les yeux et ronronne.

– Le chat a mangé ta langue, ma fille ? Où étais-tu, Joyce ? Tu vas être en retard à l'école. L'institutrice va encore te punir…

– Je suis là… maman, dit Lily. Le chat…

– Chewing-gum.

– Chewing-gum est là !

Le son des plateaux-repas qui s'entrechoquent est ponctué de silences. Tout à l'heure, Lily a croisé une infirmière en pleurs. Il y a encore eu un décès ce matin. Peter était là, pour soutenir la famille. Il lui a fait un signe en passant, murmuré « Bonjour Lily ». Elle a répondu d'un geste discret à celui qui est devenu son beau-père.

Elle se lève, ouvre d'un geste ample les rideaux. La lumière du jour l'éblouit. L'armoire en bois sombre est entrouverte. Des robes sur des cintres apparaissent, parfaitement alignées. Sur une étagère, à côté de son trophée du championnat d'automne de volley-ball à Raleigh, un pot blanc en porcelaine blanche est rempli de roses. Des pétales fanés gisent à côté. Sur une étagère, des photos. Lily enfant, sur une plage. Isla Mujeres. La jeune fille baisse les yeux, cherche un mouchoir, s'essuie les yeux. Le chaton quitte le giron de Caroline, va vers la fenêtre, s'étale sur son rebord. Caroline murmure à l'oreille de Lily :

– J'ai peur. Je veux voir ma maman. Où est ma maman ?

Alors Lily l'entoure de ses bras minces :

– Ta maman est là, dans la pièce à côté. Elle va venir te chercher.

La vieille Caroline sourit. Assises côte à côte, les deux femmes dirigent leur regard vers la lumière. Les nuages, poussés par le vent du nord, ont laissé la place au soleil.

– C'est bien, dit Caroline. C'est bien.

Hilaria

Islas Marías. Le pire en prison, c'est le bruit. Le clic-clac métallique des portes, les cris d'une cellule à l'autre. Désespéré et haineux, l'écho amplifie le vacarme. Grincements et claquements, gros mots et insultes, sont multipliés à l'infini. Le tintement de clés, sésame de sept cents cellules, accompagne le passage régulier des gardiennes. Sept cents cellules. Une pour moi et ma codétenue, Juana, une femme squelettique et borgne. Elle hurle par à-coups, hantée peut-être par des cauchemars assassins ou kamikazes, et m'empêche de dormir. Si je souffre tant de tout ceci, c'est que j'ai une très bonne ouïe. Enfant déjà, je distinguais un souffle, le glissement d'une pantoufle.

Juana purge une peine de vingt ans pour le meurtre de son patron. De ma peine, il y a peu à dire. Perpétuité. J'ai kidnappé Lily, j'ai tué des chats, des chiens et des canaris. La mort de Mrs Peterson n'était qu'un accident. Une trop grande dose de somnifères. Je ne veux pas m'étaler ici sur mes motivations, sur les pourquoi et les comment de mes actes. Je suis une criminelle. Point. Comme toutes ces femmes qui m'entourent, même si elles soutiennent le contraire.

J'ai passé ma première journée de détenue dans un état second. Certainement le manque de sommeil, la vue des murs gris et délabrés. Les barbelés de la tour de surveillance m'ont fait penser aux immeubles bien gardés des States. J'ai été submergée par les souvenirs de voyage.

À la cantine, il règne une odeur de ragoût et de femmes frustrées. Le premier jour de mon enfermement, mon plateau à la main, on m'a bousculée et ma nourriture est tombée par terre.

– T'inquiète, c'est parce que tu es nouvelle. Une sorte de baptême. Lucinda veut faire la chef, mais elle va se calmer.

Au moins, Fatima n'est pas farouche. C'est une fille jeune, bien éduquée, qui occupe une cellule face à la mienne. Tandis qu'elle m'aide à ramasser le gâchis, elle me parle de Lucinda, la chef de bande de l'aile sud. La terreur de la prison d'Islas Marías.

Je n'étais pas triste de voir cette purée immonde par terre, j'ai même dit :

– Merci, ça avait l'air dégueu. Des camarades ont ri. Pas Lucinda, qui m'a regardée droit dans les yeux et a lâché un

– J'aurai ta peau, toi la grosse !

Heureusement, il y a en taule des distractions qui font passer le temps. Des ateliers de couture et de cuisine. Des formations pour une fille condamnée à pourrir jusqu'à la sa fin de sa vie, allez-vous me dire ? Oui, peut-être plus pour nous empêcher de devenir folles et de provoquer des bagarres, que pour nous préparer à un hypothétique futur à l'extérieur.

Il y a aussi les concerts. Une idée de la nouvelle directrice. La musique pour calmer les fauves, si vous voulez. C'est grâce à un de ces après-midi musicaux que j'ai entendu jouer pour la première fois Ernesto Kölher, le flûtiste russe.

À la vue du programme, la Suite en La mineur de Telemann, Lucinda et ses comparses se sont moquées :

– Ça va dératiser la maison !

Moi, je ne m'y connaissais pas en musique sérieuse et aurais préféré une ballade sentimentale ou des Mariachis, mais je me suis dit qu'il valait mieux ça que de rester en cellule à entendre ma colocataire pleurnicher.

Le jour du concert, on nous a réunies sous le préau et on a multiplié les mesures de sécurité. Imaginez deux mille taulardes en uniforme, toutes assises comme à l'école, en rangées strictes. Imaginez Fatima, Lucinda et ses matrones en tête de file, sans trop y croire. Imaginez enfin le concertiste, Ernesto Kölher, s'avançant en souriant, sa flûte dans une main, la partition dans l'autre. Il était habillé en noir, ce qui contrastait avec sa peau pâlotte.

– Tu n'as pas appris ta leçon, Niño ? Tu as encore besoin de ton petit cahier ? Et si tu venais dans ma cellule pour t'amuser un peu, mon puceau ? lui a lancé Lucinda.

Les autres ont gloussé. La gardienne s'est avancée pour mettre de l'ordre. Le musicien ne s'est pas froissé. C'était un type mince aux cheveux longs, des mains aux doigts fins comme les flûtistes des tableaux aux musées que je visitais quand j'étais petite, avec mon institutrice. D'autres musiciens le suivaient, un pianiste – j'ai appris qu'il s'agissait d'un joueur de clavecin, qui est toute autre chose que le piano des bars – deux violonistes et un violoncelliste. Pendant qu'ils accordaient leurs instruments, les prisonnières les observaient, curieuses. Je parie que certaines n'avaient jamais été à un concert de leur vie.

La musique a commencé.

Quand ce flûtiste a posé la flûte sur ses lèvres et qu'il a commencé à jouer, c'est comme si une porte s'était ouverte et avait libéré des cris d'enfants. Les notes s'échappaient au-dessus de nos têtes, loin des murs barbelés, dans un vol plané jusqu'à la plage, jusqu'aux parcs et cours d'école. Il n'y avait plus de murs ni de barrières, plus d'uniformes, plus de tintement de clés, plus de misère. Seule la joie des petits que j'ai croisés un jour.

Les doigts du flûtiste dansaient, son corps bougeait au rythme de la musique. Les autres instruments lui répondaient, mais la flûte dominait avec les aigus. Tout le monde se taisait, même Lucinda, affalée sur sa chaise. Après une courte pause, la musique a repris, plus lente, pour ne recommencer son rythme fou qu'à la troisième partie. Une explosion dans mes oreilles. Et je restais là, à regretter d'être née dans cette cité minable, d'avoir quitté l'école, d'avoir merdé. Si j'étais née dans les quartiers chics de Raleigh, de parents riches, comme ceux de Joyce qui avaient tout eu, j'aurais peut-être fréquenté une école de musique, au lieu de traîner avec de sales types. Aujourd'hui, cela aurait été moi sur scène, habillée en noir, les doigts fins, sans cicatrice et sans les bouts des doigts jaunis par les mauvaises cigarettes. Surtout, sans crime sur la conscience. J'aurais pu me produire dans de grandes salles, donné des leçons de musique aux enfants et caressé leurs petits doigts.

À la fin du concert, la directrice de la prison a applaudi et nous a invitées à rejoindre les musiciens. Je suis allée trouver le flûtiste, je n'osais pas lui serrer la main. Si au moins je n'avais pas eu cet uniforme ! J'aurais préféré le rencontrer avec ma blouse blanche ! Je me serais présentée comme infirmière diplômée. Je lui ai simplement dit :

– J'aime votre musique.

Il ne m'a pas comprise, car il était russe. Alors, je me suis retrouvée à le regarder bêtement tandis qu'il me souriait. Au bout d'un instant, il m'a tendu un CD, m'a serré la main et il est parti.

Une des gardiennes, une fille à qui j'avais donné un conseil pour séduire un avocat, m'a permis de le garder.

– Mais cache-le sous ton matelas, ou je suis morte ! Entiendes, corazón ?

Les écouteurs m'ont coûté un pont au marché noir.

Chœur d'enfants avec des voix d'anges. Les nuits n'étaient plus polluées de râles et de terreurs. J'avais ma musique.

J'ai vécu ainsi quelques mois. Un ramage de notes s'invitait dans ma cellule, et les railleries de Lucinda n'avaient plus de prise sur moi, et la prison n'en était plus une, mais une cage ouverte aux vents de courants croisés. Oubliées la prison et sa misère, bienvenue la mer calme des Caraïbes.

Parfois, ma coloc me demandait de mettre plus fort, se mettait en boule et souriait comme un bébé. Dès qu'elle commençait à ronfler, j'éteignais la musique, pour ne pas alerter la gardienne de service. C'est ainsi qu'un jour d'octobre, je m'en souviens, car c'était la saison des ouragans et que la veille il avait plu des cordes, la surveillante était distraite et le malheur autour, comme ces requins qui nageaient près des côtes de l'Océan Pacifique que je pouvais voir de la fenêtre de ma cellule. Lucinda et ses amies m'ont coincée après le repas de midi. Quatre monstres contre moi, dans le couloir étroit qui menait aux chiottes.

– Ah ! Tu aimes la musique ? a crié Lucinda, Eh bien, voilà du hard rock !

Une de ses complices m'a assené un coup avec un objet coupant, je n'aurais jamais cru qu'un CD cassé pouvait devenir une arme. Le sang a coulé sur mon uniforme, a taché le carrelage. Ma vie a défilé devant mes yeux. Un train fou. J'ai pensé à maman et à sa mort tragique. Moi qui sais lire les signes qui annoncent un destin, j'aurais dû savoir que je suivrais ses pas. Je me rappelle les dernières paroles de ce monstre :

– Toi, la pédophile, je t'avais promis que j'aurais ta peau, je suis une femme de parole !

Je me souviens aussi de la semelle de Lucinda sur mon visage, du voile sombre qui s'est abattu sur mes yeux. La civière, l'infirmerie, les pansements, mon départ à l'hôpital, j'ai dû les rêver.

Le retour à la prison, je ne l'ai pas vécu comme mon premier jour. Il n'y avait plus un seul bruit. Même pas celui de la mer. Le médecin m'a fait comprendre que je n'entendrai jamais plus. Les lésions aux oreilles, suite à l'agression, sont irréversibles. Plus de cris ni de claquement de portes, plus de tintement du passe-partout des cellules. C'est ma musique qui me manque le plus aujourd'hui. Ces notes pareilles aux cris des enfants.

De la fenêtre de ma cellule, à quelques pas de la plage, on aperçoit la cour d'une école. J'observe les petits à l'heure de la récréation. Ils sont beaux, avec leurs vêtements colorés. De vraies petites fleurs. Minuscule dans le bac à sable, le fils d'une gardienne joue alors que son horrible mère le délaisse. J'aime déjà cet enfant.

Ce roman s'inspire de faits réels, mais les personnages, noms utilisés et certains événements sont fictifs. Toute ressemblance ne serait que pure coïncidence.

Table des matières

Achevé d'imprimer en France
par Dupli-Print à Domont (95)
en décembre 2019
N° d'impression : 2019121012